RAFFA FUSTAGNO

Meu Crush de Nova York 3

APENAS DIGA SIM

1ª Edição

2022

Direção Editorial: **Revisão Final:**
Anastacia Cabo   Equipe The Gift Box
Diagramação, capa e preparação de texto: Carol Dias

Copyright © Raffa Fustagno, 2022
Copyright © The Gift Box, 2022

Todos os direitos reservados.
Nenhuma parte do conteúdo desse livro poderá ser reproduzida em qualquer meio ou forma – impresso, digital, áudio ou visual – sem a expressa autorização da editora sob penas criminais e ações civis.
Esta é uma obra de ficção. Nomes, personagens, lugares e acontecimentos descritos são produtos da imaginação da autora. Qualquer semelhança com nomes, datas ou acontecimentos reais é mera coincidência.

Este livro segue as regras da Nova Ortografia da Língua Portuguesa.

CIP-BRASIL. CATALOGAÇÃO NA PUBLICAÇÃO
SINDICATO NACIONAL DOS EDITORES DE LIVROS, RJ
Meri Gleice Rodrigues de Souza - Bibliotecária - CRB-7/6439

```
F995m

    Fustagno, Raffa
      Meu crush de Nova York : apenas diga sim / Raffa Fustagno. - 1. ed. - Rio de Janeiro : The Gift Box, 2022.
      152 p.

      ISBN 978-65-5636-203-8

      1. Romance brasileiro. I. Título.

22-79869        CDD: 869.3
                CDU: 82-31(81)
```

Capítulo 1

O SOM DO CORAÇÃO

Houston, Texas – setembro de 2020...

Poderia dizer que parece que foi ontem que todo o pesadelo começou, mas isso seria invalidar as inúmeras pessoas que perderam suas vidas para a Covid-19. Me sinto privilegiada de poder fazer tudo de casa; minha empresa não voltou com a atividade presencial, nem sei se pretendem; e precisei aprender como é dividir as tarefas de casa no pior momento do mundo com as minhas responsabilidades do trabalho.

Não sei realmente o que seria de mim sem Ethan literalmente segurando minha mão a cada crise de ansiedade com medo de perder meus pais ou de morrer longe deles. Criamos uma rotina onde ele ensaia no quarto e eu coloco meus fones para participar das insanas reuniões que tenho diariamente. O *home office* provou que muita reunião inútil seguiu existindo mesmo sem estarmos presencialmente no escritório.

Ethan teve uma perda grande em matéria de salários. Sem nenhum evento, o dinheiro dele foi acabando e, mesmo tendo assistência do governo, a grana não deu para cobrir os gastos mensais que ele tem. Como ele é muito bacana, não quis deixar o amigo na mão e seguiu dividindo o aluguel com ele todo esse tempo. Pois é, esse cara de coração imenso preferiu se apertar inteiro e contar moedas do que sair do espaço que morava definitivamente e vir morar comigo, o que ficaria muito mais em conta, já que meu apartamento é pago pela empresa.

Durante todos esses meses, minha mãe e meu padrasto tiveram Covid. Fiquei desesperada, chorava muito e achei que não a veria mais. Mas, apesar de terem ficado muito debilitados, os sintomas foram considerados leves e hoje, quase três meses depois, eles estão bem.

Eu e Ethan acompanhamos as notícias sobre os testes em vacinas e parece que o Reino Unido está mais adiantado. Nunca sonhei tanto com uma vacina, e olha que odeio agulhas. O clima por aqui anda bem acirrado — ainda que quase não saiamos de casa, na verdade, só vamos ao mercado mesmo —, porque daqui a dois meses é a eleição presidencial, e a briga do atual presidente Donald Trump com Joe Biden tem agitado a população.

Boa parte do pessoal daqui de Houston é republicano, mas Ethan discorda deles e disse que vai votar no Joe Biden, pois sua família sempre apoiou os democratas. Enquanto isso, lá no Brasil meus pais me contam sobre toda a negação do governo atual, o que tem feito meu pai lamentar diariamente ter votado naquele homem. Tentei avisar que ele não era boa coisa, mas ele nunca me ouve.

Os dias por aqui são calmos. Apesar de o meu horário de trabalho nunca terminar na hora que deveria, sou constantemente surpreendida com algo positivo de Ethan, que está sempre disposto a me apoiar.

Tínhamos combinado de dividir as tarefas, mas, quando acabo meu expediente, a casa não tem absolutamente mais nada para fazer. Ethan a arruma muito melhor do que eu arrumaria. Sem contar as comidas... eu jamais teria capacidade nessa encarnação de fazer os pratos que ele prepara, mesmo que, na maioria das vezes, não tenha quase nada na geladeira ou nos armários.

Estico os braços me espreguiçando e fecho o notebook. São quase oito horas da noite e tudo que eu quero é tomar um banho e jantar. Caminho lentamente pela casa, quase me arrastando, e procuro por Ethan. Eu o encontro próximo de nossa cama, dobrando as roupas que tirou da máquina e as separando para guardá-las no armário. A pandemia forçou que a gente morasse junto, mas se é algo que não tenho do que reclamar é de tê-lo aqui comigo diariamente. Não me lembro de nenhuma briga séria entre a gente, e acredito que a última tenha sido por ele ter insistido em um filme péssimo no *streaming*, mesmo depois de eu ter visto a nota no IMDB e tentando avisar que era uma furada. São coisas que levo muito a sério quando escolho ver um filme; do contrário, prefiro rever algo que sei que é bom por já ter assistido.

Eu me aproximo dele por trás e o abraço, mas o pego de surpresa. Ethan usa uma cueca samba-canção e uma camiseta fininha e, como sempre, anda de pé no chão pela casa. Sentir o calor do corpo dele já me faz sentir outro tipo de fome. Ele para de mexer nas roupas e se vira para mim. Estar sem nenhum salto faz com que nossa diferença de altura fique ainda mais visível.

— Fiz risoto, aquela receita que sua mãe me passou e disse que você ama, só preciso esquentar. — Ele beija minha testa e avisa, sempre se preocupando com o que vou comer e se estou bem.

— Deve estar ótimo, mas, antes de comermos, preciso te dizer uma coisa — falo, séria, enquanto indico para sentarmos na cama. Afasto algumas roupas dobradas e seguro suas mãos em seguida, olhando fixamente para dentro daqueles olhos que, por um segundo, me fazem esquecer o que pretendo dizer.

— Aconteceu alguma coisa? — pergunta, claramente preocupado.

— Eu te amo — digo firme, acariciando suas mãos.

— Eu também te amo — ele devolve, me dando um beijo suave na boca.

— Quero dizer por que te amo. Preciso dizer e você tem que escutar — continuo, e ele me encara, curioso.

— Sou todo ouvidos. — Ele sorri, me reservando aquele olhar lotado de ternura com que costuma me brindar.

— Eu te amo desde que te conheci, mas não me senti viver isso verdadeiramente até hoje. Eu andava sempre um passo à frente, tomando decisões para me livrar do medo. Mas hoje, por tudo que aprendi com você, cada escolha foi diferente e a minha vida mudou completamente. Eu aprendi, Ethan, que quando se faz isso, se vive inteiramente. Não importa se você tem cinco minutos ou cinquenta anos. Se não fosse pelo nosso hoje e por você, eu nunca conheceria o amor.

Acho que ele reconhece a fala, porque me interrompe:

— Sei que sente isso, mas nós vimos essa cena em…

Não paro de falar. Já assisti a esse filme mais de oito vezes e sei cada vírgula.

— Obrigada, Ethan, por ser a pessoa que me ensinou a amar. E ser amada. — Me ajoelho na cama e o beijo com vontade. Ele perde o equilíbrio e vai se deitando comigo por cima dele.

— Que filme é? *Simplesmente Acontece*? — ele erra.

— *Antes que termine o dia*, de 2004, com Jennifer Lowe Hewitt — respondo.

— Ah, vimos juntos. Nossa, esqueci. Amo essa atriz, mas amo mais você

— Ethan se declara, segurando meu quadril e o encaixando nele. — Você deveria ser atriz, decora as falas completas, eu só consigo decorar as curtas.

— Será que se fosse atriz a gente teria se encontrado? — pergunto, brincando, claro, porque jamais pensei nisso.

— Pode ser que você entrasse no meu trabalho e eu derrubasse café em você. Mas você faria um escândalo e me faria pagar pelo seu casaco de marca e nem olharia para a minha cara — ele viaja, imaginando toda a cena.

— Eu seria uma atriz humilde, que não daria shows de estrelismo e que quando um cara gato, que aparenta o Brad Pitt mais jovem, derrubasse o café na minha calça, eu o mandaria para minha casa para lavar a roupa no tanque, no dele de preferência. — Rimos juntos.

— A fala do filme... é verdade? Cada palavra? — Desconfiado, ele ainda me pergunta o óbvio.

— Eu aceitei casar com você. O que mais pode ser prova de que sou completamente apaixonada? — Eu me sento em cima dele mostrando a aliança que está no meu dedo.

— Começar a planejar o casamento. Porque essas coisas demoram, e eu quero morar com você de verdade e poder lhe chamar de minha esposa — Ethan fala, na maior tranquilidade, como se casar fosse barato, como se definirmos onde será seja tranquilo e como se não estivéssemos no meio de uma pandemia com tudo fechado e pessoas morrendo.

— A gente já pulou algumas etapas, podemos ver com calma essa — respondo, mas ele parece não gostar muito da resposta.

— Não existe manual para relacionamentos, não tem tempo certo, Charlotte, é o nosso tempo. Morar com você só me fez ter ainda mais certeza de que quero isso para sempre! — Ele podia ser menos fofo. Cada declaração dele me desmonta inteira e até meus maiores medos vão embora como se eu os criasse na minha cabeça fértil.

— Amor, assim que nos vacinarmos a gente pode ter uma previsão de quando as coisas podem acontecer de verdade. É um momento importante e vamos querer ter as pessoas que amamos conosco. Pode ser?

Sou sincera. Além de não achar que seja o momento adequado, é tudo muito novo para mim nesse país ainda. Quem ouvisse nossa história poderia achar que tudo aconteceu rápido demais, que fui imprudente indo para casa de um americano que poderia ser tranquilamente um daqueles *serial killers* que vemos nos documentários da Netflix. Para minha sorte, ele era não somente um cara bacana, como também o sujeito que me fez acreditar

RAFFA FUSTAGNO

no amor de uma maneira inimaginável até mesmo para os mais românticos. Coisa que nunca fui; para mim, romance era algo muito distante, coisa de filme da Sessão da Tarde, mas então me vi vivendo várias histórias que fazem as pessoas suspirarem no local onde boa parte delas foi gravada.

— Tudo bem, mas só vou aceitar porque sei como é importante para você ter sua família aqui com a gente no dia — ele diz, enquanto passeia sua mão na minha barriga, por dentro da blusa.

— E para você não é importante, ter seus pais? — questiono.

— Para mim importante é ter você. Só preciso de você para dizer sim e corrermos para a lua de mel. — Ele agora coloca a outra mão por dentro da minha blusa e vai subindo até agarrar meus peitos.

— Desse jeito não vamos manter a conversa, até porque não consigo me concentrar.

Aponto para as mãos dele sobre meus seios.

Ethan se esforça para caminhar com elas até minhas costas e, com extrema facilidade, abre meu sutiã. Sinto que algo despertou em sua cueca samba-canção e, nesse exato momento, não consigo pensar em mais nada que não seja arrancar a pouca roupa que veste e senti-lo dentro de mim.

— A gente pode continuar essa conversa mais tarde? — pergunta, obviamente já sabendo a resposta.

A vontade de jantar até passa quando ele faz essa cara de "esperei o dia todo por isso". Sinto-me preenchida estando com ele, em todos os sentidos que possam ser usados para essa palavra.

Capítulo 2

NÃO SEI COMO ELA CONSEGUE

Houston – abril de 2021...

Nem acredito que acabei de realizar um sonho, e jamais em minha vida ousei imaginar que meu maior sonho seria receber uma agulhada no braço. Entenda que tenho pavor de qualquer objeto que perfure meu corpo, essa é a razão pela qual nunca fiz um piercing na vida e não pretendo fazer uma tatuagem.

Mas, em se tratando da vacina da Covid-19, eu estava contando os dias, e para minha alegria, o meu dia aqui nos Estados Unidos foi somente uma semana depois dos meus pais conseguirem tomar a dose deles lá no Brasil.

Quando soube que poderia tomar em uma escola aqui perto de casa, fiz meu agendamento na mesma hora. Ethan só tomará a dele daqui a vinte dias. Nem me preocupei com a marca da vacina, só quero estar viva e, como acredito na ciência e em quem estudou para isso, não fiz nenhuma pergunta, apenas fechei os olhos e senti uma pequena dorzinha, nada se comparado a tudo que já aconteceu por causa dessa doença em todo o mundo. Daqui a vinte e um dias, preciso retornar lá para a minha segunda dose.

Os meses anteriores foram de muita tensão e ansiedade. Boa parte do tempo, passamos presos nesse apartamento, limpando compras, esperando por boas notícias e tendo que trabalhar insanamente a mais, porque, fora do escritório e das viagens que normalmente eu faria, parece que o dia rende menos e a hora extra não existe, quando ela está presente em qualquer momento que não deveria ser destinado ao trabalho, mas sim a descansar.

Passamos um Dia de Ação de Graças estranho, longe de tudo e de todos, e tem mais de um ano que não vejo meus pais, nem minhas amigas.

Ethan também não tem visto ninguém da família dele e passou a dar aulas on-line para ganhar uma graninha, enquanto os concertos não voltam. O Natal foi complicado; ainda que soubesse que precisava ser grata por ter todos que amo vivos, o clima não combinava com o dos outros anos, porque eu sabia que muita gente havia perdido pessoas queridas. Ainda bem que tive o apoio de Ethan para não surtar nessas festividades.

Durante esse processo, fui me afastando de pessoas de quem já não gostava muito, e tive certeza das amizades que quero manter para vida, aquelas que seguiram todos os protocolos de segurança. Isso quer dizer que parei de seguir pessoas que viviam como se nada estivesse acontecendo, enquanto o mundo pedia por empatia e reclusão.

Não vou mentir dizendo que não senti nada além de felicidade, picadas são doloridas. Chego em casa e, antes de qualquer outra coisa, tiro o casaco e corro para geladeira para pegar uma bolsa de gelo, porque o braço começa a pesar um pouco. Ethan sai do quarto, sonolento. São sete horas ainda de uma manhã com um sol tímido, um vento gelado e, definitivamente, se eu não tivesse nada para fazer, me jogaria em cima dele e só sairia da cama para ir ao banheiro e nos alimentar de outra forma que não fosse essa vontade sempre louca dentro de mim de estar o mais perto possível dele.

Pensei que com a rotina as coisas fossem esfriar, mas estava enganada e fico muito feliz por isso. Achava que essas coisas só aconteciam em livros *hot*. Eu lia e pensava: "Como essa mulher não está toda trabalhada no Hipoglós?". Ou ainda: "Nossa, os dois não tem uma briga, é só sexo?". Pois bem, paguei minha língua. Nós não transamos todos os dias, mas quase todos, e se alguém achou que a pandemia acalmaria nossas vontades, ela fez com que a gente se quisesse ainda mais.

Se você está lendo e não acredita em amor ou acabou de ter uma decepção daquelas, deve estar pensando que isso só acontece em comédias românticas estreladas por mocinhas lindas e magras. Pois aqui estou eu, acima do peso com orgulho, latina até o último fio de meu cabelo e com zero jeito ou gingado de Jennifer Lopez, morando nos Estados Unidos e vivendo um romance intenso com um americano que parece saído de uma série de sucesso da Netflix ou de qualquer outro *streaming* que produza clichês em massa.

Tiro a bolsa de cima de onde aplicaram a vacina e seguro o saco de gelo. Ethan anda vagarosamente coçando a cabeça e bocejando da maneira mais linda que alguém pode fazer, ou da forma mais apaixonada que outra pessoa possa enxergar.

Meu Crush de Nova York 3

— Como foi lá? — ele pergunta, caminhando por trás de mim e envolvendo minha cintura com seus braços.

— Cheio, mas rápido. E dolorido, não vou mentir, não sei por que todo mundo sai de boa, em mim até sangue escorre. Eles colocaram um curativo, mas acho que agora já posso tirar — digo isso, enquanto ele alisa meus braços e caminha com as mãos até onde está o curativo. Aproxima a cabeça e beija suavemente por cima, me olhando com a cara mais sexy que poderia.

Preciso trabalhar em poucos minutos e ele fica me tentando dessa maneira. Não preciso mais da bolsa de gelo, então a repouso em cima da mesa.

— Passou? — Ele me gira em direção a si, me trazendo para perto da calça de moletom tentadora que me faz querer me demitir e passar o dia pedindo para ele me chamar de Anastasia Steele, de Eva Tramell, do que ele quiser.

— A picada sim, a vontade de ir para cama com você… essa não — disparo uma verdade que estava presa na garganta, enquanto preciso focar na reunião que terei daqui a pouco.

— Hum… intervalos?

Sempre combinamos os intervalos do trabalho para que ele saiba quando tenho uma brecha na agenda, seja para comer, seja para vermos algo juntos ou para matarmos nossa vontade um do outro. Eu amo o *home office*, pelo menos nessas horas.

— Hoje está tenso, é final de mês, preciso apresentar os relatórios. Acredito que com o avanço da vacinação comecem a me pedir para viajar novamente em breve. — Claro que quero o fim de tudo isso, mas só de pensar em entrar em um avião outra vez após todo esse tempo, meu corpo treme inteiro.

— Quando você puder, estarei aqui. Tenho só dois alunos hoje à tarde, um terceiro acabou desmarcando. Pelo menos sei que a noite segue sendo nossa. — Ele me tasca um beijo delicioso, daqueles que faz a gente esquecer que tem realmente tarefas a serem cumpridas durante o dia. Amo quando ele segura na minha nuca e comanda um pouco para que lado nossas cabeças devem ir, ainda que não haja um critério para isso. Só de tê-lo coordenando me sinto pronta para qualquer coisa.

— Calma, preciso me recompor, e comer alguma coisa — peço, tentando me afastar dele e sorrindo de canto de boca.

Ethan não diz nada, me encara e fica me observando.

— Preciso tomar um banho também, vim da rua — aviso, caminhando até o banheiro e jogando a roupa no cesto. Encosto a porta por causa do frio e Ethan aparece na entrada do banheiro.

— Posso ficar aqui? — ele pergunta, sentando-se em cima da tampa da privada.

— Eu sei o que vai acontecer e vou me atrasar para reunião. — Olho para mim no espelho e reparo nossas imagens; ele está lindo, como sempre. E eu com a pancinha cheia de dobras… Me estico um pouco para diminuí-las. Entro no chuveiro, ainda me encarando no espelho.

— Sabe que não precisa disso. Aliás, sabe que amo cada pedaço desse seu corpo, não sabe? — Ele vai até a porta do box e impede que eu o feche.

— Não vai me deixar tomar banho, não é? — insinuo.

— Ok, façamos uma aposta — ele propõe.

— Que aposta? Eu preciso trabalhar. Dá para deixar isso para de noite? — peço.

— Não consigo. Mas, se você ganhar, eu terei que ceder. E volto para cama para cochilar novamente até a hora do almoço.

Acho graça e concordo.

— Ok, manda ver que está bem frio para eu continuar nua nesse banheiro — peço, sem paciência.

— "Eu sei lá, eu só acho que você é uma pessoa muito legal e gosto muito de passar um tempo ao seu lado". Qual filme e quem diz isso? — ele me desafia.

— Ethan, amor da minha vida, você mete logo a frase de uma atriz que amo e acha que não vou saber? Pode ir dormir e nos vemos mais tarde. — Empurro bem fraquinho a barriga dele com uma das mãos, certa de que sei a resposta.

— Hum, você ainda não ganhou — insiste.

— Ok, essa frase é do filme *Esposa de Mentirinha*, na cena icônica onde minha amada Jennifer Aniston precisa fingir que é casada com o Adam Sandler e diz isso na frente da Nicole Kidman. Acertei? — Sinto que ele não esperava que, com tão pouco texto, eu lembrasse de tudo.

— Desisto, você tem um HD nessa cabeça. Como pode saber a ficha técnica e fala de todos os personagens de filmes que assiste? — Ele sai da porta, bufando e desolado.

Acho graça, mas me enfio debaixo do chuveiro pelando. A verdade é que não sei todas as falas, mas, por ser apaixonada por alguns filmes, os que vi mais de uma vez eu acabo sabendo os diálogos. Tudo bem que minha memória sempre foi boa mesmo para essas coisas, mas Aniston é uma paixão imensa. Desde que a vi como Rachel Green, passei a querer assistir a todos os filmes que ela faz, e alguns eu repeti pelo menos umas cinco vezes.

Tomo o banho mais rápido que posso e me visto correndo, enquanto Ethan já caiu no sono enrolado no edredom. Sinto certa inveja, mas meu celular lembra que a reunião irá começar em poucos minutos.

Mesmo esquema de sempre: calça de pijamas onde ninguém pode ver, roupa de trabalho, maquiagem e cabelo levemente arrumados para não dar aparência de que acabei de acordar. Meu braço pesa e mal consigo esticá-lo. Se não tiver febre nenhuma hoje, já me considerarei uma pessoa muito sortuda, pois a maioria das pessoas tem tido alguma reação.

Eu me dirijo até a sala onde meu notebook já espera pela minha presença com aquela câmera que está sempre pronta para as dezenas de reuniões que tenho por dia. Quando entro na sala on-line, fico feliz em encontrar Fiorela. Ainda que a gente se fale sempre, ter o rostinho dela sempre sorrindo e entendendo meus sinais de "ai, que saco de reunião que não termina nunca" é sempre impagável.

A reunião demora cerca de duas horas. Preciso me controlar para não bocejar. Acho que a vacina está fazendo efeito, porque tenho alguns calafrios. Bom, melhor ser da vacina do que da Covid. Tomo café para ficar acordada e tiro e boto o casaco mais de uma vez. Não acho que esteja com febre, porque minhas pernas sempre doem e ficam fracas no mesmo lugar, e não estou sentindo nada delas.

Quando a reunião termina, me espreguiço e bocejo bem alto, quando escuto o Teams da empresa tocar em nova chamada. É Fiorela, então já sei que é só bobagem que vem por aí.

— Fala, garotaaaaaaaaaaa! Nossa, que reunião insuportável. Se é chato para quem escuta, imagina pra mim que tenho que digitar para fazer uma ata? Não entendo por que o senhor Hatem ainda me obriga a acompanhar essas reuniões que nem ele mais aguenta. — Minha amiga foi promovida à Coordenadora Executiva e, com esse cargo, passou a ser líder de todas as secretárias da empresa. O sonho dela é vir morar aqui nos Estados Unidos como eu, mas a única proposta que o chefe dela fez é acompanhá-lo caso seja transferido mesmo para o México. Me pego rindo, lembrando que em algum momento achei que eles fossem amantes.

— Calma, amiga, dias melhores virão — digo, ainda rindo.

— Você se acaba de rir da minha desgraça, não é? Quero ver aguentar esses malas executivos o ano inteiro, sem contar que eles sempre querem que seja feito o impossível. Deviam ter contratado uma santa, porque eu não faço milagres! — ela fala, claramente irritada.

— Fio, vamos lá. Não estou rindo de você, e sim recordando o que já te contei. Antes de ser sua amiga, eu achava que você e o senhor Hatem eram amantes. Sei lá, acho que imaginei isso por causa desses livros lotados de clichê em que a secretária sempre é amante ou namorada do chefe.

— Eu lembro que me disse, mas você é bem louca né, imagina eu e esse homem? Não ia rolar nunca, a esposa dele anda toda coberta, ele ia querer tacar um *hijab* para cobrir esses cabelos aqui que só usam Kerastase parcelado no cartão. E isso eu não ia permitir — ela diz, e sei que é verdade. Fiorela jamais aceitaria fazer algo que não fosse da vontade dela.

— Tudo bem, amiga, você hoje está atacada. Estou só o pó, acabei de tomar a vacina e meu braço está doendo um bocado — conto.

— Lá vem a reclamação da privilegiada. E eu que só devo tomar em agosto? Isso se nosso amigo presidente tomar vergonha na cara e comprar as doses. Porque está difícil convencer o bonito — Fiorela desabafa. Entendo bem o que ela está dizendo, o governo demorou a tomar a decisão que precisava e lá vai acabar ficando bem atrás se comparado com os Estados Unidos, porque tem mais gente precisando da vacina do que ela disponível para compra agora.

— Queria você aqui comigo, seria perfeito. Sinto tanta falta das minhas amigas.

— Minha linda, você tem esse Tristan Ludlow[1] aí só para você e está com saudades de mim? Eu te adoro, mas ia atender todas as reuniões sentada em cima dele. Deus não dá asa à cobra mesmo — ela me sacaneia.

— Garota, estamos muito bem servidos um com o outro, mas, mesmo feliz com ele, sinto falta. Não é a mesma coisa que ter você, a Juli ou meus pais — tento fazê-la entender.

— E aquele casal que é amigo de vocês? Igor e Luiza, eles sumiram?

— Com a pandemia, a gente acabou se falando menos, mas não sumiram não. Só que Ethan não saiu daqui de Houston e nem eu. Ainda estou tensa querendo saber quando sairemos, porque queria tanto pegar um avião com outra pessoa, para voltar a me acostumar com voos — falo, mas só de pensar já suo, e isso não é nenhum efeito da vacina.

---

1   Personagem de Lendas da Paixão.

Meu Crush de Nova York 3

— Charlotte, olha a neura! Você vai tirar de letra. E, se tudo der certo, pode ser que o senhor Hatem aprove um curso para mim aí mês que vem. Com isso, eu conseguiria tirar o meu mês atrasado de férias passeando por aí contigo. O que acha?

— Não sei se vamos poder passear, ainda tem muita morte por Covid, Fio! — falo a verdade. Não me sentirei segura, até que os casos diminuam e boa parte da população tenha tomado as duas doses.

— Tudo bem, posso pedir a ele para fazer o curso mais para o meio do ano, ou no final, nunca se sabe. Mas não quero ficar aí sem você, então se prepare — ela me avisa.

— Tudo bem, quando as coisas melhorarem, porque também preciso de uns dias para curtir e para começar a organizar um casamento que caiba no nosso orçamento. O que provavelmente será um bolo aqui em casa com salgadinhos. — Rio da minha própria pobreza.

— Ah, não, Charlotte! Pode parar. Me diz do que você precisa e a gente organiza tudo junto. Ou, se quiser, me fala o que você sempre sonhou e a gente faz de um jeito que caiba no seu orçamento, ou a gente junta amigos e família para pagarem — ela sugere.

— Não, isso nunca. Eu e ele que queremos casar e vamos colocar isso na conta de quem gosta da gente? Não faz nenhum sentido.

— Mas, amiga, o povo não vai comer, beber, dançar? Tudo tem um preço. Eu não ia ficar triste de ajudar a pagar sua festa, desde que fosse a madrinha, a mais importante — ela se autoconvida.

— Mas a gente não decidiu nada, e depois chamar você e não chamar a Juli para madrinha seria bem mal-educado. Bom, podemos ter mais de uma. Se for no Brasil, precisaremos do par de vocês. A Juli tem o Pierre. Mas, se fizermos algo aqui, tenho que ver quanto sairia, porque aqui tem aquela tradição de várias amigas da noiva ou familiares entrarem com a mesma roupa, só as mulheres. Lembra dos filmes?

— Meu bem, eu sou uma enciclopédia de filmes do gênero. Deixa comigo que seu casamento vai ser tudo! — Fiorela se anima tanto que parece que já temos até data.

O que não temos, porque nem sei quando as coisas irão melhorar um pouco para poder reunir as pessoas.

— Tudo bem, mas, amiga, coloca na sua cabeça que o orçamento é baixíssimo e será algo muito, muito simples — explico, porque tenho medo de ela achar que tenho o dinheiro do chefe dela.

— Você só vai precisar dizer sim, se o que estou pensando se concretizar — ela diz, com uma cara que mais me assusta do que me anima.

— Fio, quando começarmos a ver isso, pode envolver a Juli? — sugiro, não querendo ser indelicada. — Não quero que uma ou outra se sintam esquecidas e, como é um momento simples, mas muito importante para mim e para o Ethan, quero que tenha nosso toque, mas com o bom gosto e as dicas de vocês, que são muito bem-vindas, claro!

— Charlotte, se prepare, porque seu casamento vai ser o bafo do ano! — E ela me deixa bem preocupada, porque, apesar de gostar muito de Fiorela, sei que ela está acostumada com padrões altos de festas e reuniões, o que não acontece comigo. Só pensando em um La Casa de Papel feito nos Estados Unidos eu teria dinheiro para pagar algo como mais de vinte pessoas.

Quando desligamos, ando até o quarto e Ethan está roncando. Deito ao lado dele, o abraço e coloco a cabeça em seu peito. Ele mal abre os olhos e pergunta:

— Quer comer agora? — E me dando um beijinho na cabeça.

— Está cedo. Só vim aqui curtir um pouco meu futuro marido.

Ele abre os olhos e encaixa o braço melhor em mim.

— O que deu em você? Se animou em se casar de verdade? É febre da vacina? — brinca.

— Não, a vacina não faz eu me apaixonar ainda mais por você, porque é impossível. Estou falando sério, acabei de conversar com a Fiorela, ela vai me ajudar a ver o que conseguimos montar com nosso orçamento. E precisamos definir se será aqui ou lá no Brasil.

— A gente monta a lista, de repente fazemos duas, coisas simples como sempre sonhamos — sugere, abrindo o sorrido mais lindo do universo.

— Sim, algo bem a nossa cara, intimista e aconchegante para os mais próximos.

Ele me abraça forte.

— Eu te amo, Charlotte. E nunca vou cansar de lhe dizer isso — ele se declara.

Encaro os olhos dele, apoiando a mão na cabeça e o cotovelo na cama.

— Por favor, não pare, porque eu não pretendo parar de dizer o mesmo nunca. — Deito em seu peito de novo e ficamos calados.

O silêncio que eu amo, o de sentir seu cheiro, sua respiração e que a vida com ele, mesmo isolada do mundo, fica sempre mais leve, porque o amor dele preenche os espaços que faltam nos momentos mais difíceis. Se a pandemia me mostrou uma coisa, foi que eu quero tê-lo comigo para sempre, mas para viver dias melhores, e infinitamente mais felizes.

Meu Crush de Nova York 3

Capítulo 3

SURPRESAS DO CORAÇÃO

Ainda que os sábados venham sendo muito parecidos um com o outro, sigo ansiosamente aguardando por eles. Saber que minha única obrigação é me lembrar de comer, ir ao banheiro e ainda ficar trancada sem nenhum empecilho com o Ethan é tudo que a pessoa que vos fala — e que nunca curtiu muito sair à noite — quer de um final de semana.

Sinto falta de nossas idas ao cinema, de comermos na rua experimentando novos locais e de ver as pessoas e seus sorrisos, coisa que a pandemia escondeu por causa das máscaras. Também sinto falta de não me sentir tão culpada de levar minha mão ao rosto sem me preocupar se a limpei muito bem antes; por vezes, acho que estou beirando a neurose.

Eu me jogo no sofá de nossa sala, que segue tendo poucas coisas, mas ainda assim ficou bem aconchegada, na medida do possível. O sofá é muito confortável e vira uma cama quando queremos; as almofadas são fofas e quentinhas e, nessa época do ano, bem necessárias; a televisão, que agora está pendurada na parede, graças à habilidade do meu noivo, completa uma sala com poucos itens: uma mesinha para apoiar poucos livros e o controle remoto, e um abajur que comprei pelo site e achei que era muito menor do que é de verdade.

Sinto falta de ter plantas, de ter mais livros e quadros, mas o ano passou intensamente e ao mesmo tempo voando, e mal conseguimos respirar — literalmente — para fora desse apartamento para escolher objetos interessantes de decoração.

Pego o controle remoto e zapeio pelos *streamings*, tentando achar algo que me interesse. Escuto o barulho de Ethan abrindo o pacote de alguma coisa na cozinha: batatas daquelas bem gordurosas e que certamente não seriam a melhor opção de serem consumidas às dez horas da manhã, quando só tenho um café bem forte no estômago. Mas não resisto e, assim que ele se senta ao meu lado, encho a mão com um punhado delas e coloco na boca, como se não visse comida há meses. Tudo que não faz bem é incrivelmente mais gostoso, pelo menos para mim.

— Aconteceu alguma coisa no trabalho que Fiorela te ligou tão tarde ontem? Só escutei seu celular chamando e você atendendo a ligação no meio da noite. Que horas era aquilo? — ele me pergunta, claramente curioso, enquanto sigo mudando para os pôsteres dos filmes e não me decidindo por nenhum.

— Amor, você tem noção de que ela teve uma ideia incrível e nem se lembrou do fuso horário? Sabe como ela é, não tinha nada a ver com trabalho e sim com ela sendo madrinha do nosso casamento, que nem tem data ainda para acontecer — explico, revirando os olhos, de olho no pacote que ele segura para roubar mais batatinhas.

— Gosto da animação dela, acho que é gente boa. Aliás, demos sorte com nossos amigos, tanto do meu lado quanto do seu. Acabamos todos ficando próximos e fico feliz com isso. Mas o que ela pensou que era tão importante? Ou é algum segredo para o nosso dia? — pergunta, piscando.

Ethan tem razão. Mesmo na pandemia, falamos muito com os nossos amigos. Mesmo cada um carregando suas angústias pelo longo tempo longe das famílias e uns dos outros, a gente sempre manteve contato, usando as mais diferentes tecnologias para se fazer presente quando não era possível de outra forma.

— Amor, não é segredo. É que Fiorela quer que a gente case no Central Park. Eu ainda nem disse data, nem o que definimos sobre o local, se será aqui ou lá no Brasil, ou se faremos um almoço apenas para as famílias. É muita coisa para pensarmos, não é tudo fácil assim, tudo é caro. Até sei qual é a taxa de utilização do espaço que ela viu lá no parque, e é lindo mesmo, mas o problema é quem vai pagar as passagens da minha família, da nossa família. Minhas amigas não são ricas para bancarem tudo para vir para cá, assim como os amigos daqui não terão grana para todo mundo ir ao Brasil — digo.

Mas logo me arrependo, porque sei que aqui a tradição é os pais dele pagarem a lua de mel e ajudarem no nosso apartamento ou casa, e meus pais

Meu Crush de Nova York 3

bancarem a festa, mas nem meus pais nem o deles têm dinheiro para isso. Só que dizer assim na cara parece cruel. Ethan abaixa os olhos como se ele se sentisse culpado por isso, e essa não foi minha intenção em nenhum momento.

— Não ligo para essas tradições. Por mim, eu fugia com você, tipo Las Vegas, já te disse isso. Era um "sim" e pronto. Você de Monroe, eu de Presley. Resolvido. — Ele segura na minha mão que está com o controle, e deixo que caia em cima do sofá.

— Você não liga, nem eu, mas certa vez você disse que seus pais tinham o sonho de vê-lo casando. Também já disse que eu seria a noiva mais linda do mundo e que já sonhou comigo entrando no lugar que escolhermos de braços dados com meu pai. Isso não aconteceria em Las Vegas, Ethan. — Sei que é um choque de realidade, mas, ao mesmo tempo em que tenho vontade de fazer exatamente o que ele propôs, também gostaria de unir no máximo vinte pessoas que são importantes para nós. O problema é que, mesmo eu ganhando em dólar, não cubro todos os gastos de um casamento por mais simples que ele seja. O máximo que consigo parcelando é levar todos para o McDonald's. Mais um detalhe: americano não parcela nada, como vivem desse jeito?

Ethan larga a batata no sofá e se vira totalmente para mim. Perco-me um segundo naqueles olhos que, sem saber nadar, me afogaria com gosto ali dentro, e nesse instante me pergunto como mesmo consegui que esse cara tão gato se apaixonasse por mim. Se eu disser isso em voz alta, ele vai reclamar e dizer que ninguém é mais linda do que eu. Que bom que ele pensa assim, porque definitivamente poucos caras que eu conheço da vida real são tão perfeitos quanto ele. Sempre desconfiei das perfeições — elas sempre me cheiraram a furada —, mas, no caso dele, passados exatos dois anos que nos conhecemos, ele segue sendo o mesmo cara incrível, cujos defeitos se resumem a esquecer a toalha molhada em tudo que é canto da casa e volta e meia tirar o saco do lixo e não repor.

— O que você quer fazer? Esquece meus pais, os seus, nossos amigos… O que te deixaria feliz? — A pergunta dele é direta e difícil de ser respondida. Ao mesmo tempo que quero muito que quem amamos seja parte desse momento, e para isso eu gostaria de ter a cerimônia mais bonita possível, também me pego lembrando que isso nunca foi o que sonhei para mim. Quando que imaginei que teria essa conversa com um homem por quem estou completamente apaixonada? Que me trata com tanto carinho e respeito, que parece saído de um clichê que sempre achei inalcançável?

— Eu não sei! E talvez isso esteja me deixando ansiosa. É muito complicado, para mim, dizer o que sempre sonhei, porque nunca foi nada disso. Nunca sonhei em casar, mas isso não vem ao caso, Ethan, porque nos conhecemos e aqui estamos. Então nunca imaginei vestidos de noiva, pois não achava que fossem para mim. Nunca pensei em determinado local, porque nem namorar era uma possibilidade, que dirá casar, ainda mais com uma dúvida se será aqui no Estados Unidos ou no meu país. Me desculpe, mas não consigo decidir algo tão importante assim, sem me sentir dividida com outra possibilidade, que é a de deixarmos esse momento só para nós.

— Sei que não o ajudei a definir nada, mas acho que a pressão em cima do assunto acaba surtando boa parte das noivas, por isso que as chamam de *Noivazilla, uma mistura de noiva com Godzilla.*

— Charlotte, não quero deixá-la ansiosa por isso. É para ser um momento inesquecível pra gente, vou repetir: pra gente! Então pensa com calma, que a gente ainda nem vacinou todo mundo, eu mesmo ainda não fui vacinado, então, enquanto isso, pensa com calma o que prefere. Por mais que não seja um sonho, não use essa palavra, porque o que sentimos e a modo como a gente se uniu já é a realização desse sonho. O casamento vai ser só para termos um dia de comemoração marcante, ou só para nós, ou para quem amamos — Ethan diz isso, me dando o beijo mais fofo do universo. Suavemente ele vai subindo e beijando meu nariz. Depois, meu olho, e então me abraça forte.

Amo quando ele faz isso, quando faz eu me sentir segura no meio de todas as inseguranças que fazem com que eu queira sair correndo e não decida nada. Porque sempre acho que não decidir é o mais fácil.

— Você não existe. Para de ser tão fofo. Briga comigo. Diz que eu preciso decidir, sei lá. Ou não. Ou siga desse jeito, porque estou quase ligando para o cartório mais próximo e perguntando quando reabrem, para me programar para sequestrar você e nos casarmos com algum desconhecido de testemunha. Na saída, a gente passar no Starbucks para agradecermos à cafeteria por ter nos unido. E viajamos para nossa lua de mel sem avisar ninguém — comento, aguardando alguma reação.

— Se é isso que você quer, é isso que faremos — oferece.

— Hum, não… deixa eu pensar. Acho que a opção de pensar com calma, conversar com minha mãe e definir sem pressa ainda é a que mais curto. — Eu o beijo lentamente no queixo, sendo espetada por uma barba, que não consegue tirar o charme do meu noivo.

Meu Crush de Nova York 3

— Tudo bem, podemos partir para o próximo tópico. E essa televisão? Vai ver o quê? Quer que te acompanhe? — pergunta, pegando o controle e observando o que eu estava escolhendo. O que era nada, só caminhei mudando de filme para filme e não me decidi por nenhum.

— A gente pode ver *Friends*? Pela... enésima vez? — Faço cara de pidona.

— Quando você faz essa cara eu já sei que quer ver algum episódio específico. Qual você quer ver? Vamos... — Ele cede facilmente aos meus pedidos.

— Então, quero rever os casamentos! — proponho, já sabendo quais episódios quero rever.

— Me fala quais são e qual temporada que já preparo tudo aqui. — Mexe no controle remoto, já colocando nas temporadas.

— Bom, de casamento, que eu me lembre, tem na quarta temporada o do Ross com a Emily. Apesar de ser fofo, não gosto de ver ele com outra que não seja a Rachel. Gosto do episódio 24 da quinta temporada que eles se casam, a Rachel e o Ross, amo aquilo! — digo, animada, me lembrando da cena.

— Amor, aquilo foi Las Vegas. Os dois estavam bêbados e durou bem pouco. Toda vez que você assiste fica nervosa porque eles se separaram. Entendo que seja seu casal favorito, mas eles não têm os melhores momentos, demoram demais para realmente ficarem juntos. — Ethan já sabe o que acontece em cada episódio que revejo mil vezes, mas queria um legal de casamento. Hum... sigo pensando nos outros.

— Sétima temporada então, o casal que também amo é Mônica e Chandler. Eles se casam no episódio 24 da sétima temporada, e são maravilhosos juntos. Coloca, coloca! — Me animo toda ao pedir, empolgada.

— Claro, deixa eu colocar aqui. Mas a Phoebe também casa com aquele carinha, como é mesmo o nome dele? Acho essa personagem muito divertida. — Ethan é ainda mais "feito para mim" quando demonstra que ama *Friends* tanto quanto eu.

— Mike! Ela se casa com Mike no episódio 12 da décima temporada. Pronto, vamos ver os dois.

Ele coloca o primeiro que pedi e me deito no colo dele. Enquanto faz carinho nos meus cabelos e rimos juntos de algumas cenas, sinto suas mãos me fazerem um cafuné maravilhoso que quase me coloca para dormir em seu colo.

Amo cada segundo simples nosso, que é assim, deliciosamente especial, apenas por estarmos juntos.

RAFFA FUSTAGNO

Capítulo 9

O PLANO IMPERFEITO

Houston – setembro de 2021...

Não sei onde estava com a cabeça quando dividi meus planos de casamento com a Fiorela. Definitivamente não foi a melhor ideia que tive. Todo dia ela aparece com uma sugestão nova bem fora do meu orçamento. Acho que trabalhar com CEOs que ganham mil vezes mais do que eu não a faz ter uma noção muito coerente da realidade das pessoas.

É plena segunda-feira de um dia quente em Houston. Ethan está em reuniões desde cedo, finalizando os detalhes da turnê que vai finalmente poder acontecer, já que os números estão melhorando em algumas cidades e os governadores e prefeitos já começam a liberar concertos em locais ao ar livre.

Seria lindo vê-lo nos palcos. É tão gostoso ouvi-lo tocar no quarto, mas sinto falta de ir a um show, de ver mais gente do que as poucas pessoas que transitam nas ruas perto de onde moramos. Houston é muito diferente do Rio de Janeiro em vários sentidos. Primeiro que é uma das cidades com o menor número de desemprego. A segurança também é algo que me faz ser feliz morando aqui. Parece surreal, mas me sinto livre de poder ir andando até um lugar e atender o celular na rua sem ter que me enfiar em uma loja com medo de ser roubada.

São pequenos detalhes que fazem com que, aos poucos, eu sinta saudades da minha família, mas não tenha mais tanta vontade de morar no Rio. Sei que é triste dizer isso, mas não tenho visto nenhum sinal de melhora. Se pudesse, traria meus pais para cá, junto com meu padrasto, claro. Minha mãe está cada dia mais feliz com ele, se é que isso é possível.

Se me perguntarem do que mais sinto falta lá do Rio, acho que são das frutas. As feiras daqui não são tão legais, os legumes e frutas não parecem tão frescos ou tão bonitos, e não acho que o mercado seja tão mais barato aqui do que no Brasil como falam. Ethan e eu somos viciados em cupons, que recebemos pelos Correios ou que colocam na entrada do prédio. Sempre tem cupom para absolutamente tudo por aqui, e isso define muito de nossas compras, porque o desconto ou o item que sai de graça conta muito no final do mês. É tão estranho, porque, quando morava com minha mãe, não calculava o preço de nada do supermercado; pegava as marcas que conhecia e levava para o caixa. Mas a diferença no final do mês é gritante.

Aqui também tem um ambiente multicultural imenso. Sei que Nova York também é assim, mas é mais confusa, definitivamente mais violenta em algumas partes e muito mais cara. Fiz as contas com o Ethan e nossos planos são de que, depois do casamento, a gente finque os pés aqui mesmo. Pensamos em procurar um apartamento um pouco maior — porque a empresa pagará uma parte e poderemos arcar com o restante — e comparamos os apartamentos em nova York, que custam de três a quatro vezes mais do que aqui. Fora que minha empresa somente tem um escritório financeiro por lá, eu teria que voltar de Houston para Nova York todo final de semana, o que teria um custo absurdo.

Como Ethan deve participar de muitas turnês, ele vai viajar muito, inclusive está se preparando para uma apresentação no Festival da Universidade de Geórgia na semana que vem, então já batemos o martelo de que Houston será nosso lar.

Outro gasto que teremos em breve é do carro. O transporte público aqui não é muito abrangente e aqui todo mundo tem um. Com o planejado fim do *home office*, terei que ir ao escritório de alguma maneira. Já começamos a ver o que fazer para legalizar minha carteira de motorista por aqui — sim, eu tenho uma que quase não usei no Brasil, por isso Ethan já disse que treinará comigo nos primeiros dias. O trânsito daqui é confuso, ou talvez eu seja medrosa mesmo, mas sinto falta da malha do metrô da minha cidade.

Preciso pensar que vai dar tudo certo. Aquela Charlotte pessimista morreu em algum lugar entre o Rio e Nova York, e agora Houston. Na ponta do lápis, nossos gastos crescerão com a abertura das coisas. Terei que comer no trabalho, gastar com o carro, gasolina e seguro.

Pelo menos não gasto com plano de saúde, porque o sistema daqui é

RAFFA FUSTAGNO

péssimo, e se é algo que estou louca para Ethan ter é o plano do meu trabalho. Assim que casarmos, apresento a certidão no RH.

Meu celular começa a tremer na cabeceira e o pego para ver se já está na hora da reunião. Ainda faltam 30 minutos, e estou morrendo de calor. O sol começa a entrar no quarto e escuto a voz de Ethan na sala. Minha preguiça me faz demorar mais do que o normal, mas o sinal de mensagens do WhatsApp não para de apitar e preciso reagir para ver quem está tão ansioso em falar comigo.

Quando pego o aparelho, vejo que é a Juli. Ela digitou tanta coisa que mal consigo ler a tempo de ela dizer que vai me ligar.

Acho que me viu on-line e tomou essa decisão.

— Amigaaaaaaaaaaaaaaaa, acorda!! Você não sabe o que aconteceu.

Quero dizer a ela que só saberia se tivesse sonhado com o que quer me contar, mas até eu sei que isso seria muito indelicado, então tento ao menos me sentar na cama para escutar o que ela quer compartilhar.

— Deve ser muito importante mesmo pra você mal esperar eu acordar. — Eu sei, sem uma boa xícara de café sou insuportável às vezes, até com quem claramente não merece.

— O Pierre disse que eu preciso me preparar para o final de semana, quando vou tomar a decisão mais importante da minha vida… — revela, com gritinhos seguidos de ansiedade e felicidade

— Ele vai te pedir em casamento? Nossa, mas podia ter deixado surpresa! Bom, desculpe, é que eu ia preferir desse jeito, mas imagino que ele pense diferente. Ai, amiga, estou sendo uma péssima amiga por conta do cansaço. Me fala, você está feliz? Está, certo? — pergunto, depois de cair em mim de que estou sendo seca em um momento tão especial para ela.

— Pelo amor, amiga! Eu quero muito! Pierre é deliciosamente gostoso, educado, e sem contar que tem o pau mais lindo que já vi na vida. E como funciona! Só de pensar me tremo inteira. Você tem noção?

Ok, muita informação para uma manhã de segunda. Ela está dividindo que o pau do namorado dela é lindo? Eu já a ouvi falando isso do ex, que a chifrou com metade da equipe do trabalho, mas não acho que seja um momento adequado para perguntar se é mais bonito do que o pau dele, que ela também queria passar o resto da vida admirando e usando. Aliás, nem acho que eu deva comentar sobre essas coisas, por maior que seja a nossa intimidade. Mas enfim…

— Parabéns, amiga!! Você merece um cara bacana e, que te respeite.

Meu Crush de Nova York 3

Que bom que ele tem o equipamento mais lindo que você já viu, porque a ideia é que use esse mesmo equipamento até o fim dos dias, na alegria e na tristeza. — A frase sai da minha boca e parece mais sarcástica do que motivacional.

— Agora pensando, você acha que é isso mesmo que vai acontecer? Ele vai fazer o pedido? Pode ser outra viagem, já fizemos algumas... — Ela começa a refletir. Podia ter ficado em dúvida antes de me chamar, né?

— Juli, calma. Se ele disse que vai mudar sua vida, não pode ser apenas uma viagem, isso não mudaria sua vida — respondo, tentando abrir seus olhos.

— Tem razão. Ai, estou tão emocionada! De todos os planos que poderíamos imaginar desses nossos longos anos de amizade, quem diria que a Rainha do Gado aqui se casaria no mesmo ano que a melhor amiga que nunca acreditou no amor, mas o achou na cidade que nunca dorme? — ela filosofa.

— Você falando assim parece até mais emocionante, mas desculpa a falta de entusiasmo do início da conversa. Você sabe que te amo e que farei o possível e o impossível para estar contigo nesse momento tão especial — aviso.

— Eu sei, amiga. Também, acabei te acordando... É que queria muito que você fosse a primeira a saber, nem minhas irmãs sabem ainda. Falando em você e Ethan, já decidiram alguma coisa? Fiorela andou me ligando e fazendo várias perguntas. Eu a adoro, mas ela fala muito, às vezes me perco no que está comentando de tão empolgada que fica. E eu disse a ela que poderia ajudar no que precisassem, mas que tinha que ver valores de passagem com antecedência para me programar e estar no casamento de vocês.

— Bom, para ser sincera, ainda não decidimos, porque tudo que vemos e calculamos sai muito acima do que temos para gastar. Eu queria algo pequeno, com uns vinte convidados de cada lado. Poderia ser um almoço no Brasil e aqui uma festinha um pouco maior, porque Ethan tem uma família bem grande de primos vindo de Duluth, mas a Fiorela está planejando algo tão grande que todos os valores que me passa me fazem pensar em que banco ela acredita que eu vá roubar para ter toda aquela grana. Sem contar que nossa moeda é bem desvalorizada. Mesmo que a gente faça duas comemorações, tenho que orçar a vinda dos meus pais, de vocês, do meu padrasto... A verdade é que quando envolve casamento nada sai barato. Mas a previsão seria abril do ano que vem, então teria exatos sete meses. Como não é algo grande, acho que dá tempo.

— Seria bom já sabermos a data. Bom, de qualquer maneira, estou aqui para te ajudar no que precisar. Vou esperar definir tudo do seu casamento para planejar o meu. Olha eu fazendo planos se ainda nem estou noiva de verdade. Mas não sou mais criança, nunca mais fico com um cara dez anos para ele me trocar pela primeira que aparece e se casar com ela em meses. Quem enrola muito não quer nada com a hora do Brasil ou, no meu caso, com a hora da França. — Ela mesma ri do que diz, se referindo a Pierre.

— Me manda mensagem hoje à noite, então. Quero saber com detalhes. Preciso entrar em reunião agora e meu dia vai ser daqueles, porque, além da correria, aqui em Houston está fazendo temperaturas em torno de 42 graus. Aqui parece sempre mais calor que no Rio, acho que por conta da umidade, não é possível. — Seco a testa com o suor já começando a dar sua graça.

— Estou tão feliz pela gente! Vai dar tudo certo e estaremos nesses momentos especiais uma da outra em breve! Muitas saudades de você, amiga linda — ela se despede.

— E eu de você! Como eu queria vê-la, mas vamos acreditar que, com os números diminuindo dessa Covid, isso será antes do que imaginamos. Te amo — me despeço e me espreguiço, escutando a porta do quarto se abrindo com aquele rangido que pede óleo há um tempo e a gente sempre esquece.

Ethan caminha lentamente até a cama e se joga nela, colocando a cabeça sobre minhas pernas que estão dobradas. Eu me ajeito melhor no encosto da cama e solto o celular para fazer carinho em seu cabelo.

— Quem é que você também ama? — ele pergunta, me encarando com aqueles olhos que me fazem, como sempre, esquecer que tenho obrigações com o trabalho em poucos minutos.

— Juli, ela vai se casar. Quer dizer, o Pierre disse que hoje à noite ele mudará a vida dela para sempre, então ela e eu imaginamos que ele vá pedi-la em casamento — explico.

— Fico feliz por ela. Pelo que você sempre conta, ela já sofreu muito com o ex-namorado e finalmente está com alguém legal. Não tão legal quanto eu, porque você deu muita sorte, mas alguém legal também. — Ele pisca, muito convencido, por mais que eu ache que seja verdade.

— Como estão as coisas com a turnê? Tudo certo para semana que vem? — mudo o tópico do assunto de olho no relógio na parede, que diz que tenho exatos oito minutos para continuar essa nossa conversa.

— Tudo certo, queria que pudesse vir com a gente. Pretendo ver meus pais e meus tios, talvez você consiga uns dias de folga, já que não tirou férias no último ano — ele sugere, se virando para mim na cama com o braço apoiado na cama e segurando a cabeça.

— Amor, precisarei desses dias para os preparativos do casamento. Eu adoraria estar com você em sua primeira apresentação pós-quarentena, sei o quanto é importante, mas estarei de coração. Depois, acho legal que você veja sua família. Se quiser ficar mais uns dias, acho que seria bom para matar as saudades deles. Sua mãe liga quase todos os dias, deve estar sentindo demais sua falta.

— Minha mãe não me tem mais morando com ela desde que me mudei para Nova York. Ficou mais carente por causa da pandemia, porque mal podia sair de casa, até os grupos de leitura e de culinária ficaram parados. Ela sabe que não sou de parar muito em um lugar, dois dias com ela lá serão suficientes. Você por acaso está querendo férias de mim, dona Charlotte? — Ethan vai se sentando na cama e passando a mão no meu colo, caminhando com dois dedos que descem pelo meio dos meus seios e parando no meu umbigo, onde seguro sua mão.

— A gente vai se casar, bonitão. Vou ter o prazer de ter você pelo resto de nossas vidas, de ter essas mãos que não somete tocam bem violino, mas me tocam muito bem, passeando por todo esse corpo aqui diariamente. Mas… a vida pede que a gente pague contas e dê atenção a outras pessoas também, então lamento informar que só queria deixar sua mãe feliz, já que terei o privilégio de morar com o gostoso do filho dela e de acordar agarrada nele até que a morte nos separe. Mas realmente preciso me levantar dessa cama e trabalhar. — Consigo me esquivar dele, ainda que meu corpo inteiro esteja arrepiado e pedindo por ele dentro de mim. A cabeça está focada na reunião com meu chefe, quando terei que apresentar os relatórios das supervisões dos poços do último semestre.

— E por um acaso você e suas amigas cerimonialistas já decidiram quando e onde nos casaremos? Preciso preparar minha família e seria legal já termos ideia para eles se planejarem. — Ethan me pede a coisa mais difícil de obter resposta nesse momento.

— Pois é, queridão, acontece que tudo que a Fiorela apresenta está muito acima do que podemos gastar. Por mais que a gente tenha alguma ajuda dos meus pais e dos seus, e a música de graça com seus amigos, ainda precisaríamos juntar dinheiro mais uns cinco anos para cobrir tudo que a doida da Fiorela me apresentou. Estou calculando com cuidado a melhor forma e pretendo sentar contigo para tomarmos uma decisão. Se tudo der errado, nos casamos no cartório, pedimos uma pizza e comemoramos vendo *Friends*. A música pode ser você totalmente pelado, só com o violino. Duvido que alguém tenha ideia mais barata e sexy do que essa. — Eu mesma rio do que acabei de propor.

— Ainda que goste da parte final da sua proposta, a gente também pode se casar em Las Vegas. Tem pacotes bem em conta, só levamos nossos pais e dois amigos de cada lado. Você se veste de Marylin e eu de Elvis. Já imagino você toda linda de vestido branco decotado, e eu entrando com aquele topete cantando...

Take my hand
Pegue minha mão
Take my whole life too
Pegue minha vida inteira também
For I can't help
Pois não posso evitar
Falling in love with you...
Me apaixonar por você...

Ethan se levanta da cama vindo na minha direção, fazendo um olhar sexy e empostando a voz. Acho lindo e engraçado ao mesmo tempo. Como posso largar esse homem no quarto e entrar em reunião para falar de um assunto sério nesse momento?

Meu celular treme e acende a luz. Jogo-me em cima da cama e o cara manda a mensagem:

— Vou me atrasar quinze minutos, nos falamos daqui a pouco.

É a brecha que precisava para voltar para os lençóis, muito bem acompanhada.

— Ok, temos quinze minutos! Dez, porque preciso colocar uma roupa que não seja essa camisola.

Ethan liga o ar-condicionado pelo controle remoto e me segura pela cintura.

— Dez minutos são tudo que preciso, e vou te ajudar a se preparar para a reunião tirando a sua roupa para em breve poder colocar outra — completa, arrancando minha camisola, me deixando só de calcinha e me fazendo caminhar de costas até a cama, enquanto beija suavemente meu pescoço e anda comigo segurando minha cintura. Ainda incorporado pelo Elvis de Las Vegas, segue cantando:

Woah, my love, my darling
Uau, meu amor, minha querida
I've hungered for your touch…
Estou faminto pelo seu toque…

Deitada na cama com ele por cima, pergunto:

— Mudou de Elvis para a música de Ghost? — Só consigo pensar da icônica cena de Demi Moore com Patrick Swayze.

— Elvis também cantava essa, e foi na voz dele que ouvi a primeira vez — explica.

— Peço desculpas pela minha ignorância, pode me perdoar? — brinco.

— Posso, mas isso vai lhe custar alguns minutos a mais comigo nessa cama — ele diz, e segue beijando meu corpo todo, até chegar em minha calcinha e tirá-la bem devagar.

Amo o modo como ele faz isso me encarando. Ainda nem começamos e já estou completamente envolvida pelo contato do corpo dele com o meu, esquecendo que a vida não somos somente eu e ele nessa cama, e que talvez essa seja uma das melhores partes do meu dia.

Ethan então começa a me beijar lá embaixo, e não consigo mais controlar nada. Outro movimento de língua desses e eu caso vestida de Marylin Monroe hoje mesmo, só me dizer onde coloco a peruca e assino.

Capítulo 5

MISSÃO MADRINHA DE CASAMENTO

Houston – novembro de 2021...

Nas últimas semanas, me senti em dívida com o mundo. É estranha a sensação de que, com os números dos casos de morte de Covid-19 diminuindo e boa parte da população tendo se vacinado tanto aqui nos Estados Unidos quanto no Brasil — vacinas tinham para todos, mas sempre tem a galera que não quer tomar, nunca vou entender essas pessoas —, a vida de antes vá tomando forma.

Enquanto isso, Ethan já tem toda uma agenda de concertos e tem ensaiado muito. Nossa vida de "casados" segue tendo uma rotina intensa onde entro em reuniões o dia praticamente todo e ele ainda dá algumas aulas nos dia de semana. Geralmente às quintas ele começa a viajar para várias cidades americanas para se apresentar.

O escritório já voltou a funcionar em um sistema híbrido, e passo dois dias da semana em casa e três lá. Ainda não compramos o carro, então fiz amizade com uma venezuelana que, além de morar perto de mim, trabalha na Manteuffel, no setor de Supply Chain. Assim, vou com ela e dividimos a gasolina.

A impressão que tenho é a de que o tempo voa cada vez mais rápido. Parece que foi ontem que a Charlotte de 25 anos entrou naquele avião cheia de medos e inseguranças e se perguntou se aquele cara lindo, barista do Starbucks, estava mesmo querendo algo com ela por mais dias do que uma semana juntos. Guardo com tanto carinho aquela viagem, e lamento que até hoje não tenha mais voltado para passar dias mais despreocupados na Big Apple... Caminhar de mãos dadas pelo Central Park, comer cachorro-quente na esquina e ficar na fila do teatro bem perto da peça começar para ver se ganhamos uma entrada ou se conseguimos um bom desconto para assistir.

A vida se transformou de uma maneira difícil de acompanhar. Não sei se estou fazendo tudo como deveria ou se estou nadando conforme a onda me leva, estando em uma zona de conforto por ter Ethan por perto para me apoiar.

Nunca imaginaria morar aqui, nem me apaixonar e estar prestes a casar com um cara que não fica devendo nada aos modelos das capas de livros hot. Tenho certeza que passar por uma pandemia como a que vivemos não estava nos planos de ninguém.

Começo a achar que nos casarmos em abril será uma missão impossível. Não temos dinheiro e vai ficar caro trazer nossos parentes para cá. Estou cada vez mais propensa a ir para Las Vegas para a ideia nada original, embora mais em conta, que tivemos.

Entre o corredor dos achocolatados e dos biscoitos, paro o carrinho para observar Ethan à minha frente, caminhando despreocupado, passando os produtos no leitor de preços e decidindo o que vem conosco e o que fica de fora.

O supermercado parece não ter fim. São tantas prateleiras e produtos que eu me perderia fácil aqui dentro; de vez em quando entra alguém no mesmo corredor, geralmente uma criança, que pega algo e sai correndo.

Solto um espirro que parece fazer eco. É bizarro pensar que espirrar passou a ser uma ameaça e as pessoas te encarem com desconfiança. Ajeito minha máscara no rosto, e lembro de limpar as mãos pela centésima vez no dia. O excesso de álcool já faz a pele começar a escamar.

Eu me pego longe, relembrando como nos conhecemos... Dou uma pausa para olhar para a bunda dele e assumo que não consigo resistir, ainda mais quando usa essa calça de moletom que parece pedir que o morda, como se fosse a mais deliciosa maçã.

Quando Ethan caminha em direção ao carrinho com algumas latas nas mãos, saio um pouco do transe em que me encontro.

— Antigamente, não tinha essa inflação toda. Não sei o que está acontecendo com esse país — reclama, mas, como vim de um onde a inflação sempre foi maior, já estou acostumada com o salário nunca cobrir o que gasto ou o que gostaria de gastar.

— É bom que emagrecemos — brinco. Ainda que eu nunca tenha me preocupado com isso e que siga acompanhada de todas as dobras de estimação da minha barriga.

— A gente não precisa emagrecer, estamos bem assim. Aliás, você já é linda, e sempre fico imaginando como será vê-la de noiva. Se eu chorar, a culpa é sua — declara.

— Nem me fale de vestido de noiva. Ainda não consegui decidir local, nada. Tudo parece ser absurdamente caro, as coisas que planejo não batem com as datas que gostaria. Ainda está de pé a ida a Las Vegas? Acho que vou optar por isso e fugir da Fiorela e da minha mãe, que só reclama desde que contei que nos casaremos e diz que o certo era antes casarmos lá e depois reunir seus parentes aqui. — Reviro os olhos toda vez que falo sobre os preparativos do casamento, lembrando o motivo de sempre ter odiado tudo que se refere ao assunto... porque dão trabalho e sempre há quem sugira que será melhor de outra forma.

Meu celular treme no bolso. Quando tiro, há um áudio de Igor.

— *'Fala, meus amigos! Como estão as coisas? Andamos meio caídos porque tivemos Covid, e cheguei a ficar uma semana em observação, mas agora que tudo passou e as coisas estão reabrindo, nos avisem se pretendem vir a Nova York, que nos programamos para encontrar vocês. Eu e Luíza estamos com saudades.*

Sinto-me culpada por não ter falado com eles nos últimos quatro meses. Que merda de amiga eu sou?

— *Nossa, amigo, eu não estava sabendo de nada. Peço desculpas! Fico feliz em saber que está melhor. Manda um imenso beijo para Luíza. Estou bem enrolada com o trabalho, Ethan voltou a viajar, e decidimos que vamos nos casar ano que vem. Ia avisar assim que tivesse a data, muitas saudades* — respondo em áudio também.

— Eles estão bem? — Ethan pergunta, e começo a perceber que reconhece várias palavras em português. Daqui a pouco fica fluente.

— Sim, mas tiveram Covid e eu nem estava sabendo. Acho que somos os poucos ainda invictos dessa bosta. Acabei de contar que nos casaremos, mas, como sabe, vergonhosamente não decidimos a data nem onde — falo, com toda franqueza do universo.

— Se você quiser atrasar um pouco nossos planos e fazermos mais pra frente, eu vou entender. Assim você ganha mais tempo e conseguimos juntar mais grana. — Ele me beija por cima de nossas máscaras.

— Não sei, amor. Não sei mesmo o que farei. Preciso decidir logo, até amanhã pretendo fechar isso contigo. Tenho que dizer para Fiorela também que os orçamentos que ela está fazendo estão todos com valores inviáveis, ela está sonhando muito alto. Sei que não faz por mal, e a amo do fundo do coração, mas ela parece não escutar nada que digo — desabafo com Ethan, que passa as mãos pelo meu cabelo, olhando para o vazio. Quer dizer, olhando para um carrinho de supermercado quase cheio.

Igor finalmente responde o áudio:

— *Estamos felizes por vocês! Contem conosco, estaremos lá, independente de onde for. Vão se casar aqui nos Estados Unidos ou no Brasil?*

A pergunta que ele faz é a cruel dúvida que tenho.

Igor assumiu uma posição *home office* na pandemia para poder ficar mais um ano com Luíza em Nova York. Ela acabou seus estudos, mas foi chamada para ser professora da Julliard School. Os dois estão muito felizes sem o relacionamento à distância.

Na minha vida e na do Ethan, as coisas também se acertaram, já que a grana do trabalho dele começou a entrar novamente. Mas, mesmo com esse dinheiro e o meu salário, a gente só consegue casar em um parque gratuito, usando roupas de alguma loja de departamentos.

Não sei por que me deixei levar pela ideia de um casamento com convidados e tudo que a tradição pede, se essa nunca foi minha vontade. E agora, mesmo que tenha vontade pelo Ethan, e pelas famílias de ambos que parecem animadas, não tenho grana para cobrir tudo que envolve um casamento. Até flor é algo tão caro, que a próxima que ganhar e morrer no vaso receberá um funeral em consideração, porque percebi que elas são mais importantes que os docinhos, e bem mais caras.

Seguimos fazendo nossas compras e, quando já pegamos tudo, bem próximo de sermos atendidos no caixa que tem mais guichês do que pessoas aguardando, meu celular toca; na verdade, ele treme, porque vive no silencioso.

Como estou colocando as compras para passar pela caixa, demoro um pouco para atender, e ele para de tocar. Puxo do bolso e aparece "chamada perdida — Fiorela".

— Aconteceu alguma coisa? — Ethan quer saber.

— Não deve ser nada, é a Fiorela. Domingo à noite, ela certamente deve estar tendo outra ideia mirabolante.

O celular segue tremendo. Dessa vez não é ligação, e sim uma chamada de vídeo, o que me deixa preocupada na hora. O que pode ser tão importante? Atendo e peço para Ethan terminar de entregar as compras para o caixa do supermercado.

— Meu Deus, Fio, aconteceu alguma coisa? — pergunto, caminhando um pouco para longe do caixa.

— Você me ama? Porque assim, você tem que me amar muito! Sei que tenho muitas qualidades, que tenho facilidade para algumas coisas, mas essa ideia? Essa ideia só eu tive. Pensei que não daria certo, mas não é que deu? Puta que pariu, garota! Eu sou brilhante! — ela segue falando, sem que eu entenda nada. Parece andar de um lado para o outro com o celular em mãos e, pela imagem do vídeo, dá uns pulos de vez em quando.

— Nossa, amiga, fico feliz que esteja feliz. Mas posso te ligar quando chegar em casa? Como pode ver, estou fazendo compras. Ethan voltou no sábado dessa vez e estamos aproveitando para ele me ajudar enquanto não temos carro, então…

— Porra, amiga! — ela me interrompe. — Você vai cair para trás quando eu disser. Simplesmente consegui cobrir todos os custos do seu casamento! Não vai sair absolutamente nada! E você e Ethan ainda poderão ganhar um cachê. Para ser honesta, eu achava a história de vocês boa, que tinha potencial, mas não sabia que seria escolhida. Só que foi!! Eles pediram seu número e eu já passei. Agora é só planejar tudo com eles e me avisar das datas, porque daí marco minhas férias para o mesmo período. Na verdade, posso emendar com um curso aí e ficar um tempo a mais e te acompanhar em Nova York nos finais de semana… — ela desembesta a falar, enquanto sigo sem entender o que ela tomou para estar delirando dessa maneira.

— Fiorela, desculpa se serei grossa, mas o casamento, ou melhor, os preparativos têm me deixado bem desmotivada pela falta de grana e por não encontrar nada que seja a nossa cara e dentro das nossas possibilidades. Então, por favor, seja mais transparente com o que quer me dizer. Não sei do que você está falando — quase imploro, e esse é o tempo de Ethan aparecer atrás de mim mandando um "oi" para Fiorela, que muda do português para o inglês para que Ethan também a entenda.

— Ok, gente, eu vou falar em inglês, porque preciso da aprovação dos dois. Mas… eu mandei a história de vocês para o programa de televisão *Apenas diga sim*, aquele que passa no mundo todo e que escolhe casais para participar de quatro programas e o quinto episódio é o casamento. Vocês certamente conhecem esse programa… — ela começa a explicar. Dentro de mim, já passa uma vaga ideia do que ela conseguiu e quero matá-la, porque em nenhum momento eu aprovei isso.

— Fiorela, você inscreveu a gente sem nos consultar?

— Sim, te conheço, você ia dizer não. Então conversei com a Juli, com seus pais e com os pais do Ethan e todos acharam uma ótima ideia. Sua mãe disse que você jamais aceitaria, mas mesmo assim eu insisti. Agora que conseguimos, é só sorrir para as câmeras e escolher tudo que desejam para a data. Gata Garota, o programa cobre tudo! Seu vestido, o local do casamento, passagens aéreas para até vinte convidados e festa para duzentas pessoas. Não, fala, isso não é um sonho? — ela pergunta, mas acredito mais em pesadelo. Encaro Ethan, que não diz uma palavra. Acho que ele percebeu minha reação de indignação e não está dando a própria opinião até que eu solte a minha.

— Cara, Fiorela, eu entendo que tenha feito de coração, mas isso não tem a nossa cara. Vi esse programa umas três vezes e sempre mudo de canal. Não gosto da forma como exploram a imagem dos casais. Eu agradeço, estou aborrecida por todo mundo saber disso menos a gente, que somos os grandes interessados, mas minha resposta é não. Não participaremos.

Espero que Ethan diga algo no mesmo sentido, mas ele me surpreende.

— A decisão é sua. Se quiser, eu faço o programa. Minha mãe não perde um, deve ter ficado animada quando soube.

Demoro a acreditar que, mesmo dizendo que me apoia na decisão, ele não acha nada demais no que Fiorela fez. Meus pais e os dele… Naquele momento, só consigo me sentir traída de diversas maneiras.

— Amiga, pensa com calma. A produção disse que vai te procurar essa semana. É uma oportunidade única. Os estúdios ficam em Nova York, mas eles cobrem tudinho, e você pode escolher a cidade em que quer se casar, talvez mudem apenas o mês — avisa, me deixando ainda mais irritada.

— Eles querem nossas almas em troca de audiência, e você achou que seria uma boa ideia? Tenho medo de acreditar que Juli também achou isso uma boa, ela me conhece melhor que você. — Sou cruel, propositalmente. Mas, para meu espanto, Fiorela me surpreende mais uma vez, mostrando quem está ao seu lado.

— Oi, amiga! Eu disse que você não gostaria, mas depois que te vi triste porque não tinha grana para cobrir tudo, achei que essa ideia seria perfeita. — Juli está ao lado de Fiorela enquanto ela faz essa proposta indecente, e me sinto apunhalada pelas minhas melhores amigas. Só falta Igor e Luíza também saberem de tudo, já que ele mandou mensagem do nada na mesma data.

— A resposta é não. Não iremos participar. Com isso, aviso a todo mundo que vamos nos casar no cartório, o mais simples possível, e que vamos para casa comer algo bem gostoso em seguida e maratonar séries — finalizo.

— Amiga, tem certeza? Eles cobrem tudo, você vai poder estar com toda sua família, a família do Ethan... Pode ser em Nova York, mesmo em algum lugar que tenha tudo a ver com a história linda de vocês, e seus amigos e familiares poderão estar com vocês nesse dia tão especial. Pensa com calma — Juli tenta me convencer.

— Sei que seria incrível, mas para tudo há um preço a se pagar. Eu teria que expor nossa vida, toda nossa família e mostrar nosso casamento para milhões de pessoas que nem me conhecem. Isso não tem nada a ver com quem eu ou Ethan somos, por mais tentador que possa parecer. Minha resposta segue sendo não. — Percebo que tanto ela quanto Ethan se espantam com minha atitude. A visão que tenho é que todo mundo achou que seria fácil me convencer.

— Estou do seu lado. O que decidir, faremos. — Ethan segura minha mão e a aperta, me fazendo ter mais certeza de que só o que basta para mim somos eu e ele.

— Meninas, falo com vocês mais tarde. Realmente preciso assimilar tudo que aconteceu agora, e arrumar nossas compras em casa. Amanhã nos falamos. — Desligo sem me despedir direito, ainda decepcionada com todos.

Sem dizermos uma palavra sobre o assunto, seguimos empurrando o carrinho até a saída do supermercado. Ethan chama um Uber, mas demora um tempo. Por aqui, todos eles demoram muito, pois há poucos disponíveis e são bem caros. Porém, como ainda não decidimos qual carro compraremos, essa se torna nossa única opção.

Encaixo o celular no bolso de trás da calça jeans e ele treme de novo, recebendo outra chamada.

— Meu Deus do céu, hoje é dia! — Olho para o visor e vejo que dessa vez é minha mãe, em ligação tradicional mesmo, sem vídeo.

— Filha, quero que nos perdoe por não ter dito nada. Fiorela mandou mensagem no grupo do casamento dizendo que você está muito chateada e não aceitou participar. A proposta me pareceu boa, eu apenas queria vê-la feliz e estar perto de você no seu grande dia. — Quanto mais ouço sobre essa história, mais percebo que o dia do meu casamento é uma grande surpresa para mim mesma, já que existe um grupo sobre ele, do qual eu nem sequer faço parte.

Meu Crush de Nova York 3

— Mãe, você já viu esse programa várias vezes. Você chorava, ria, falava junto com a noiva "esse é meu vestido ideal", mas sempre tivemos noção do excesso de exposição que acontece por lá. Não me vejo participando de algo assim.

— Eu entendo, tudo bem. O que decidir, eu lhe apoiarei. Só não me exclua das suas decisões porque, mesmo longe, quero ajudar sempre. Sinto muito sua falta, filha — ela diz, e quase choro do outro lado da linha.

— Tudo bem, mãe. Eu te amo, mas a forma como me casarei, eu definirei com o Ethan. Mas, é claro, assim que souber eu lhe digo.

— Ótimo, você será a noiva mais linda de todas, tenho certeza.

No trajeto para nosso apartamento, fico pensando no monte de informações que acabaram de jogar em mim e no motivo pelo qual a minha história com Ethan se destacaria para o programa mais visto do canal de televisão, TVB. O que será que Fiorela disse sobre a gente?

Chegamos ao apartamento e, após limparmos todas as compras com álcool em gel, ligo a televisão e o programa *Apenas diga sim* parece me perseguir. Lá no alto da tela aparece escrito "reprise dos melhores momentos".

Assisto a algumas noivas em cenas compiladas e a história de uma mãe que sonhava ver sua filha casando nos Estados Unidos e estava com uma doença terminal me emociona. O programa cobre todos os gastos e ela consegue ver a filha, o olhar de uma para outra, a alegria da mãe que, mesmo muito fragilizada, abre o melhor sorriso do mundo faz com que eu desabe em frente à televisão.

Ethan chega quando me ouve chorando.

— Está tudo bem? Por que está chorando? — Ele me abraça forte.

— Muito triste, mas também feliz de ver que elas realizaram o sonho delas. — Aponto para a televisão.

— Meu amor, esse não é o programa que você não quer que a gente participe porque odeia? — Ethan pergunta, sabendo a resposta.

— Sim, às vezes eles são legais, mas, boa parte do tempo, exploram a imagem. Se bem que é isso que eles querem, subir audiência com a alegria e a tristeza das pessoas.

— Talvez seja uma troca justa. Eles bancam e a pessoa realiza o sonho dela. — Ethan está muito mais aberto à proposta do programa do que eu.

— Nem vem, eu não aguentaria tanta exposição. Não somos assim. — Aponto para mim mesma e para ele em seguida.

— Não mudaremos quem somos, pode ter certeza. Mas que eu gostaria de ver todo mundo conosco, gostaria. E, depois, já imaginou você no vestido ideal do Andy? Quem é Kate Middleton perto dessa princesa brasileira?

Fico pensando o resto da noite em tudo que me disseram, principalmente minha mãe e Ethan, e tomo uma decisão que me surpreende.

Capítulo 6

QUESTÃO DE TEMPO

Dois meses depois...

Estou nervosa. Não sei o que fazer e nem por onde começar. O relógio da sala parece andar rápido demais e tudo indica que, em menos de trinta minutos, Fiorela tocará essa campainha e não poderei fugir do problema que criei para mim. Ou melhor, que ela criou.

Era para ser o dia mais feliz da minha vida, era para ser o meu dia com o Ethan, o dia para selar o amor lindo que sentimos um pelo outro. Mas, desde aquela ligação no meio da noite, no mercado, me avisando que tínhamos sido escolhidos para contar nossa história de amor para milhões de pessoas, estou surtando. Porque tinha certeza de que jamais aceitaria, mas então percebi que facilmente fui sendo convencida. Nem eu tinha noção de quão influenciável sou. Era minha mãe me dizendo que "seria lindo ver a filha dela de noiva na televisão", Fiorela falando que era uma "oportunidade única de ter tudo bancado", a Juli justificando que, se fosse com ela, "não pensaria duas vezes" e a Luíza me mandando mensagem de madrugada para dizer que sonhou que meu vestido era da loja do Andy e que era mais lindo que o de qualquer princesa da Disney.

Cresci assistindo a Cinderela casando, então, se é para casar com um príncipe melhor que o dela — que ao invés de devolver sapatinho, devolveu um celular quebrado —, não posso dizer que expectativas não foram criadas com cada uma dessas situações.

Confesso que os vestidos do Andy são algo que boa parte da população gostaria de usar. Parece que tem sempre um perfeito para todos os tipos de corpos e, com tudo isso, somaram-se muitos pontos no convencimento ainda, como: as passagens da minha família, o melhor buffet e todo mundo que amamos reunidos sem termos gastado um real, ou melhor, um dólar. Cada vez que pensava no que economizaria, aquilo se transformava em música para os meus ouvidos. Um verdadeiro sonho, certo? Mas, como dizia minha avó, não existe almoço de graça. Eu me preparava agora para entrar em um voo de três horas e meia — coisa de que já tinha pavor antes da pandemia, imaginem depois de quase dois anos presa nesse apartamento? Calma, Charlotte, respira!

Preciso fazer o exercício que minha terapeuta passou: contar até dez, respirar e imaginar momentos felizes da minha vida. O problema é que faço isso e me vejo em Nova York, anos atrás, passeando com Ethan — e meu pensamento retorna para o programa de televisão que enfrentarei daqui a pouco.

Ando de um lado para o outro da sala, começando a suar, mesmo que já não esteja tão quente. Tudo o que penso é que queria muito Ethan aqui comigo, mas a Fiorela explicou que são cinco programas, e que ele só aparecerá nos dois últimos. Esse primeiro é tipo a apresentação da nossa história. Tento puxar pela memória todos os episódios a que assisti, mas a verdade é que nunca vi o programa completo, sempre acelerei para a parte que mais amo: a da escolha dos vestidos. E nunca assisti diretamente na televisão, quando passa ao vivo, e sim alguns recortes pelo YouTube.

Li no contrato que as filmagens são todo sábado, então cedinho preciso estar pronta, porque enviarão um carro para me levar até o aeroporto em que embarcaremos para Nova York, onde os estúdios ficam.

Sigo, ansiosa e sem saber o que fazer nessa angustiante espera por algo que me deixará mais tensa ainda. Vou até o quarto e abro a mesinha de cabeceira. Lá, encontro o exemplar de *Orgulho e Preconceito*. Trouxe poucos livros do Brasil, mas esse virou ainda mais especial por causa da carta de Ethan. Mesmo morando com ele, por vezes abro o livro e a releio, e esse momento me parece perfeito para isso. Ethan não está em Houston, e nem em Nova York, ele viajou na quinta à noite para concertos na Flórida e também para uma apresentação especial no show de Celine Dion. Nossa, nunca vi um show dela, amaria vê-la, mas caiu bem no final de semana que preciso estar no programa.

"A gente finge para não enlouquecer de saudade, finge para tornar menos difícil o tempo sem o outro. Mas, lá no fundo, por favor, sejamos honestos: se perdermos a

esperança de ficarmos juntos com quem amamos de verdade, nunca viveremos por completo. Não pretendo passar o resto da minha vida infeliz por não ter feito de tudo para ter você ao meu lado."

Amo cada parte dessa carta, mas amo ainda mais estar com Ethan. É louco pensar que passamos tanto tempo só eu e ele e que agora ele sai por alguns dias e eu já morro de saudades. Como se tivessem passado meses! Não quero ser a garota dependente do amor de um cara; alguém que vive um relacionamento como o meu sabe que não se trata disso, sabe que você ainda se pertence. Estar com Ethan é como ter consciência de que precisamos dos dias de semana e não podemos pulá-los, mas o que mais curtimos é o final de semana. É isso, Ethan é... ele é o meu final de semana. Amo tê-lo por perto, e usei a pior metáfora possível, porque, por ser músico, geralmente são os finais de semana que todo mundo ama que nos afastam um do outro.

Guardo a carta novamente dentro do livro, fecho a gaveta da cabeceira e encaro o relógio do quarto.

A campainha toca. Olho para a pequena mala que preparei e ainda não tenho certeza se tudo que preciso está dentro dela. Abro a porta, já sabendo quem é.

— *You go, girl!* Como pode estar mais linda? Sua bunda cresceu, fato!

Fiorela parece uma líder de torcida. Ela inventou de fazer aumento dos lábios e a boca dela está gigantesca com um batom vermelho, o que a deixa parecida com todas as *influencers* que acompanha. Ela bate na minha bunda, e tento me esquivar em reflexo. Sempre me impressiona como Fiorela se anima qualquer hora do dia. São dez para as cinco da manhã e nosso voo sairá às 6h30min, e mal consegui lavar o rosto direito, só tomei aquele banho mágico para acordar e estou sem maquiagem alguma. E assim seguirei. A base e o batom ficam todos na máscara, para que colocar algo que ninguém nem verá que estou usando? Aqui se preza pelo conforto, então estou indo ao natural mesmo.

— Você quer dizer, de maneira educada, que engordei, certo? Não ligo. Você pelo jeito passou a alface e água. E abdominais. — Aponto para a barriga dela, que está de fora por causa do *cropped* que está usando.

— Charlotte, isso aqui não são abdominais, é lipo. Aproveitei que os consultórios estavam vazios e peguei vários descontos. E não é só a barriga que está chapada, meu sutiã aumentou dois números. Agora tenho *airbags* consideráveis. — Aponta para os peitos.

— Doida! Eu tenho pavor de uma agulha até de vacina, e você usando cirurgia plástica como se fosse programa de milhagem — saiu da minha boca.

Sei que faz cirurgia quem quer, mas sempre me pergunto onde é vontade da pessoa que passa por esse procedimento e onde entra toda a pressão da sociedade que obriga que as mulheres tenham sempre peitos duros, barriga sem dobras, narizes sempre fininhos e dentes mais brancos que uma blusa lavada com Vanish. A impressão que tenho é de que estou no meio daquele livro *Feios*, de Scott Westerfeld. E devo ser a única que nunca passou por nenhum procedimento estético. A verdade é que tenho zero necessidade de agradar os outros. Aprendi desde cedo que não teria o corpo das atrizes que via nos filmes, e sempre admirei mulheres como Melissa McCarthy.

— Aff, que exagero! Estou me sentindo maravilhosa, isso que importa, prontíssima para aparecer como a melhor amiga da noiva do ano. E… quem sabe não pego o buquê em rede nacional, quer dizer, mundial, e arrumo um boy daqueles que parecem saídos de filmes praianos da Netflix? — Ela faz cara de que está suspirando e imaginando tudo isso mesmo.

— Essa viagem vai ser animada. Vamos então? Odeio sair correndo em aeroportos, isso só fica bem no final de filmes românticos ou no final da minha série favorita. Lembra do Ross indo atrás da Rachel? Melhor momento EVER!

— Meu amor, Ross e Rachel nunca tiveram o casamento à altura que Charlotte e Ethan terão. Nova York nunca mais será a mesma depois de tudo que viverão por lá bancados pelo *Apenas diga sim.* — Ela se empolga e exagera.

Caminhamos até o elevador, e ela me ajuda com a bagagem, já que não consigo fazer uma mala básica. Estou levando uma bolsa imensa com tudo que posso precisar, mesmo que provavelmente não vá usar nem a metade.

Não consigo ser básica e separar somente um look para cada dia, porque posso acordar com vontade de usar outra coisa que não trouxe. Serão dois dias em Nova York, nosso voo de retorno sai bem tarde e a última vez em que pisei na cidade a palavra Covid nem era conhecida por boa parte da população.

O motorista do Uber que a emissora mandou é atencioso e me ajuda a arrumar as coisas no carro enquanto Fiorela faz *stories*.

— Bom dia, gente linda! Não é qualquer bom dia não, porque hoje nosso final de semana é especial. Por enquanto, não posso contar para vocês o que faremos em Nova York, mas fiquem ligados aqui no meu perfil que já, já solto as novidades. Para acordar de bom humor e com a pele boa a gente precisa do quê? De cremes confiáveis. Aqui nesse link você vai direto para minha página, onde indico vários produtos no precinho e de qualidade para vocês. Hello, hello, bye, bye. — Pronto, Fiorela é a própria influencer agora.

— Você está vendendo cremes? — pergunto, curiosa.

— Claro, uma graninha sempre ajuda. Meu anjo, eu não tenho seu salário não, preciso de outras rendas. Cirurgias plásticas não se pagam sozinhas. Ainda quero fazer uma bichectomia, mas não antes do seu casamento. Vão ter que me aguentar bochechuda mesmo — ela fala.

Nunca vi bochecha grande nela, mas sei que não adianta nada dizer quão linda ela é, porque, dentro daquela cabeça, sempre há algo para consertar.

— Bacana, depois vou clicar nesse link e ver se tem algo para mim — respondo, curiosa, enquanto me ajeito no banco detrás do carro e o motorista parte em direção ao aeroporto.

— Sempre tem, sempre há algo para se ficar melhor do que está. Mas agora o foco é você ficar bem deusa para o seu casamento. Eu e você, vai ser épico! — Ela se anima, batendo palmas.

Meu celular treme e o tiro da bolsa. É Ethan.

— Oi!! Já está no carro? Espero que esteja tudo bem, estou com saudades de você.

Encaixo os fones, ainda que saiba que o que eu disser será ouvido, pelo menos a parte dele fica exclusivamente para mim. Nunca me acostumei a ter pessoas ouvindo tudo que conversamos, a impressão que tenho é que todo mundo sabe de todos os assuntos, mesmo os que não lhe dizem respeito.

— Sim, Fiorela acabou de me buscar. Meu Deus, que loucura! Estou bem tensa pela gravação, nunca apareci na televisão! Imagina o mico. E também pelo avião, Ethan, são três horas e meia de voo. Já rezei mil vezes para que não tenha nenhuma turbulência — falo, me benzendo.

— Vai dar tudo certo. — Ele boceja. — Desculpa, amor, mas os ensaios estão intensos. Tocar com a Celine Dion é o sonho de muitos, e nem acredito que já a vi duas vezes. Essa semana está lotada de coisas. Mas, voltando a você, não tem por que se preocupar. Você sempre congela diante do novo, mas depois faz tudo melhor do que qualquer outra pessoa e percebe que não era nada tão complicado assim. — Ele tenta me animar, do mesmo jeito bacana de sempre.

— Queria estar aí contigo — digo, fazendo cara de triste.

— Eu e meu amigo estamos sentindo saudades. — Ethan afasta o celular do rosto para focar em seu corpo. Morro de vergonha que Fiorela tenha visto algo, mas ela está tão entretida gravando mais *stories* que não faz ideia do que estamos falando.

— Isso é maldade. Enquanto você realiza um sonho, eu me preparo para ser explorada à prestação — reclamo, com muito fundo de verdade.

— Não pense assim. Pense que está realizando nosso sonho, que poderemos escolher um lugar bem legar para comemorar com quem amamos. Não esqueça que o mais importante somos nós e, se em algum momento você quiser desistir, estarei te apoiando. Eu amo você, e se quiser casar em Las Vegas ou no seu país, a gente dá um jeito.

Amo ouvir toda essa parceria que Ethan tem comigo, o que me lembra de que, no início, pensava que ele era imaturo pela nossa diferença de idade, mas percebo que muitas vezes quem segura nossa barra é ele. Com palavras que acalmam, com uma cumplicidade que pensei que não existisse mais nos relacionamentos.

— Você não me permite esquecer um dia porque te amo, não é mesmo? Vou me acalmar, enfrentar o que arrumei pra gente e mais tarde nos falamos. Arrasa nesse ensaio e no show com a Celine Dion. Não será hoje que realizarei o sonho de conhecê-la, mas, se meu futuro marido tocará com ela, já me sinto íntima da cantora.

— Acho que ela ainda nem sabe meu nome, mas foi muito simpática nos ensaios. Se ela fosse nossa amiga mesmo, poderia cantar no nosso casamento — Ethan viaja. Está achando que somos Rose e Jack, Kate Winslet e Leonardo Di Caprio, e mesmo assim eu não quero um final de *Titanic*. Deus nos livre.

— A gente nem apareceu na televisão ainda e já somos famosos? Não aguento contigo. Obrigada por me ligar, amor, depois me manda os melhores horários fora do ensaio e do início do show para eu poder falar contigo mais tarde — peço.

Ethan é impressionantemente lindo, mesmo quando está descabelado e tirando remela do olho para falar comigo.

— Mando sim. Só mais uma coisa antes de desligarmos para você pensar em mim no voo. — Ele se levanta da cama, solta o celular e vejo o teto nesse momento. Ele então pega o aparelho novamente e posiciona para o rosto, prendendo os cabelos que estavam soltos.

— O que você vai aprontar? — Já rio de antemão.

E Ethan como sempre faz uma gracinha. Ele pega o desodorante e fecha os olhos indicando que vai começar a cantar algo.

Near, far, wherever you are
Perto, longe, onde você estiver
I believe that the heart does go on (why does the heart go on?)
Acredito que no coração vai ficar (por que fica no coração?)
Once more, you open the door
Mais uma vez, você abre a porta
And you're here in my heart
E você está aqui no meu coração
And my heart will go on and on
E no meu coração vai ficar e ficar

Não acredito que o dia nem clareou totalmente ainda e já estou recebendo essa declaração de amor. Esse cara existe?

Lá vamos nós fazer tudo em nome do amor. Desligo a ligação com a música de Celine Dion na cabeça. Fiorela me olha, esperando que conte o que estava acontecendo.

— Amo quando você muda de humor, e cada vez mais é algo que envolve Ethan. O que ele fez que te deixou tão animadinha? Mandou nudes? Pode contar, sua safadinha! — Espero que o motorista não fale português nem espanhol para entendê-la.

— Nada, ele cantou a música do *Titanic* para mim, achei fofo. Só aumentou ainda mais a saudade que sinto. — Olho para o protetor de tela do celular com a nossa foto no Rio, quando fomos à Confeitaria Colombo.

— Hum, mais um motivo para agarrar esse boy e mostrar para o mundo seu poder, mana! Vamos que Nova York nos espera. Me sinto Samantha Jones e você obviamente seria Charlotte York. O mundo é pequeno para nós. — Ela faz que brinda com algo, mas só tem o celular em mãos.

Imagino agora os filmes de Sex And The City, onde quase quis matar ainda mais aquele Senhor Big, quando abandona a pobre da Carrie no altar e Charlotte a defende. Bem minha cara mesmo defender minha amiga. Acho aquela cena tão forte, tão potente. Demonstra o poder de uma amizade e o que fazemos para proteger quem amamos das furadas da vida.

— Obrigada, amiga! — Seguro na mão de Fiorela e a olho. — Sei que só reclamei até agora, mas sou assim. E não prometo que não irei reclamar

RAFFA FUSTAGNO

de mais nada. Não consigo fingir que está tudo bem. Não sei ser puxa-saco de ninguém. E odeio tudo que explore histórias tristes e felizes. Mas entendo que você quis me ajudar e sou grata por isso, ainda que deva te lembrar para nunca mais nos meter em algo assim sem aviso prévio.

— Não posso prometer isso. Não te prometo não manter segredo do que acho que não vá aprovar, mas prometo te apoiar na alegria e na tristeza. No Rio ou em Houston. Ou… em Nova York. Bora lá que chegamos ao famoso George Bush Intercontinental Airport. Nome bonito para um cidadão que nunca gostei. Esses aeroportos só têm nome de homem, e homem Chernobyl tipo esse ex-presidente.

Fiorela reclama, enquanto nos preparamos para saltar do carro e irmos em direção ao check-in da companhia aérea.

Pegamos as malas e nos posicionamos para andarmos no imenso corredor que está mais gelado do que eu gostaria. Minha amiga me surpreende segurando minha mão e caminhando comigo. Não posso dizer quem puxou antes a música, porque acredito que tenha sido algo que aconteceu ao mesmo tempo. Só sei que, como crianças animadas com suas mochilas novas no primeiro dia de aula, damos pulinhos e cantamos sem nos importar se há mais gente nos observando ou se é cedo demais para estarmos tão animadas.

New York, concrete jungle where dreams are made of
Nova York, selva de pedras onde os sonhos se realizam
There's nothing you can't do
Não há nada que você não possa fazer
Now you're in New York
Agora você está em Nova York
These streets will make you feel brand new
Estas ruas te farão sentir novinha em folha
Big lights will inspire you
As grandes luzes vão te inspirar
Hear it for New York, New York, New York
Aplausos para Nova York, Nova York, Nova York

Capítulo 7

ENTRANDO NUMA FRIA

Voar no meio de uma pandemia é a pior coisa que poderia ter acontecido. Aquela Charlotte corajosa ficou adormecida em algum lugar do passado e minha neurose só aumentou. Enquanto Fiorela tira a máscara para retocar a maquiagem, eu a julgo mentalmente por estar se arriscando no meio de um lugar totalmente fechado.

Não vou falar nada, mas acho um absurdo ela nunca limpar as mãos com álcool em gel, porque vai acabar pegando Covid e me passando. Olho para os lados e tem alguns passageiros com a máscara no queixo, outros não cobriram o nariz, e aquela amável criança que não se senta já deu mais de trinta espirros e está limpando as melecas dela nos bancos.

Rezo um Pai Nosso, fecho os olhos e tento esquecer que o avião vai decolar. Fiorela segue falando comigo como se ignorasse totalmente meu medo de voar e de pegar Covid.

— Amiga, você está me ouvindo? Charlotte! Ei... — Sou obrigada a abrir os olhos, porque levo um cutucão.

— Fio, eu não gosto de voar, estou achando um absurdo a aeromoça não chamar a atenção desse monte de gente usando a máscara de forma errada e, meu Deus, são três horas de voo! Não me lembrava do meu pavor de voar, até voltar a voar. — Eu me benzo, agarro um papelzinho com uma oração que sempre carrego na bolsa e ajeito a máscara no rosto.

— Gata, respira! O dia está só começando, não vai acontecer nada com esse avião, daqui a pouco você vai ficar famosa para o mundo todo e vai ver que passar por aqui valeu muito a pena. Deixa de ser boba.

Nossa, odeio quem acha que falar que "o avião não vai cair" faz passar o medo. Não é porque você não sente esse medo que o da outra pessoa vai passar facilmente. E eu nunca quis ser famosa, só queria pagar esse casamento.

— Fio, me escuta — falo, bem séria, soltando a oração na bolsa e segurando suas mãos. Ela me olha, curiosa e assustada. — Já te falei, mas acho que não custa repetir porque você é muito empolgada e acaba esquecendo que as pessoas não são como você. Agradeço muito tudo isso que fez para a gente conseguir ter o casamento que queremos, mas não espere que eu mude quem sou por isso. A minha história e do Ethan sempre foi linda, porque sempre foi real. Não se parecia com aquelas de turista brasileira esbarra no cara e descobre que ele é milionário, herdeiro, CEO de algum lugar... eu não quero e não vou perder nossa essência — finalizo, esperando que ela se lembre disso durante todas as gravações desse programa.

— Amiga, calma. Vocês não ficarão ricos, só vão se casar como ricos. Depois a fada madrinha, no caso eu, vou lembrá-los de que a carruagem virará abóbora e vocês voltarão a pagar muitos boletos juntos. Tudo bem? — Ela pisca para mim, finalmente cobrindo a boca e o nariz com a máscara após passar a décima camada de batom.

— Não quero que fique chateada. Sei que será incrível, mas tenho medo ainda dos excessos desses programas — comento, e nossa conversa me ajuda a enfrentar o avião a toda decolando. Até eu me tocar, os sinais do cinto já tinham sido apagados. Tenho pavor quando eles estão acesos.

— Não estou, mas você não me convidou para ser madrinha para não dar conta de tudo. Não sou mulher de fazer nada pela metade. Aprenda isso. Aliás, algo que você não me passou ainda, mas que preciso informar para a produção, é a lista de convidados. E em qual lugar querem se casar; se ao ar livre ou em salão? — Fiorela me cobra, conectando um dos fones no ouvido e parecendo estar escutando áudios e rindo de algo que desconheço.

— A lista eu te mandei pelo WhatsApp, naquele documento, abre que você verá. Quanto ao espaço, Nova York é muito gelada nessa época, terá que ser em um lugar fechado mesmo. Eles falaram no e-mail que poderiam apresentar salões, imagino que vão nos mostrar algo, certo? — Ela abre o WhatsApp para encontrar minha mensagem, e então fala, respirando fundo e tirando o fone:

— Charlotte, pelo amor de Deus, tem nem 50 pessoas nessa lista! O que é isso? Desse jeito vão ter que contratar figurantes para vocês — reclama, recontando.

Meu Crush de Nova York 3

49

— A família dele não é muito grande, chamamos os amigos mais próximos mesmo. Não é porque o programa vai bancar que vou convidar gente que não fala comigo desde que eu tinha quinze anos... Não vou chamar mesmo!

— Mas, amiga, é pouca gente. Eu fazia logo uma excursão, chamava todos os exs para me ver linda casando poderosa em Nova York, e um monte de *falsiane* que me acompanha e não curte nada meu nas redes sociais. Ia sair chamando! Você é boba demais, Deus não dá asa a cobra mesmo.

Eu até me obrigo a rir dos surtos dela. Imagina chamar um monte de gente que não gosto só para fazer número?

— Deus me livre! É um dia feliz, não é dia para ver gente que não gostamos. Bom, é o que temos, ainda precisa confirmar se meus tios poderão vir por causa das provas das meninas — comento.

— Não entendo essa gente não, desculpa. Sei que é sua família, acho que na minha também agiriam assim, mas eu largaria qualquer coisa que tivesse para vir a um casamento em Nova York com tudo pago. Não estamos falando de chamar esse povo para extrair um dente, é para viajar, curtir e comer muito! Nunca entenderei... — Ela balança a cabeça, revoltada.

— Já me acostumei. Todo aniversário que comemoro, metade arruma uma desculpa ou realmente não pode ir, então a gente acaba aceitando que as pessoas não têm a mesma motivação que a gente. Mas, no caso dos meus tios — hesito um instante —, eu entendo, porque elas vão mudar de país e precisam ter tudo fechadinho nas notas para fazerem a transferência. Mesmo assim, minha tia disse que, assim que eu tiver a data, devo passar que ela fará de tudo para vir.

— Outra coisa que precisamos fechar com urgência: o programa já vai querer te dar a data. Você leu como funciona? São cinco programas, quatro ao vivo e um gravado. Que é exatamente o do casamento que, por ser maior, eles precisam editar, então mostram somente um pouco no dia e depois fazem um compilado dos melhores momentos — explica, enquanto observo atentamente o avião dar uma rebolada.

Eu li a meteorologia e sei que vou congelar em Nova York nessa época, mas não tinha previsão de chuva para hoje. Talvez essa massa de ar frio também dê turbulência, devia ter estudado melhor sobre isso. Sempre pesquiso muito antes de entrar em um voo, como se aquilo me tranquilizasse do que pode acontecer; o que claramente é uma mentira, porque sempre me deparo com vídeos falando sobre desastres e fico ainda mais nervosa. Não sei por que faço com isso comigo, mas não consigo evitar.

— Tudo bem, a gente decide com eles hoje lá. Também preciso ver com o Ethan por causa da agenda. Ele tem compromissos quase todo final de semana, mas a equipe já está ciente do casamento e disse que é só ele avisar para remodelarem a apresentação com outra pessoa e tirarem a parte dele do solo.

Eu me seguro na poltrona e percebo que os sinais de colocar o cinto de segurança ficam acesos novamente, para meu desespero. Ter medo e estar de máscara é a pior sensação do mundo. A gente já não consegue respirar direito e parece que, por ter mais alguma coisa no rosto, a sensação é de que vou sufocar. Fecho os olhos e começo a rezar de novo.

— Eu sabia do seu medo, só não sabia que era tanto. Pensa em outra coisa, imagina que está em um lugar com quatro homens gostosos na sua frente, todos sem camisa e que você não sabe para que lado vai. Sempre gosto de imaginar isso. Às vezes, os homens têm a cara de atores famosos, às vezes de atletas. Já sonhei com o marido da Gisele Bündchen algumas vezes, mas quem mais aparece no meu sonho é o Michael B. Jordan. Sou louca por ele — Fiorela fala, como se estivesse de fato vendo o ator na frente dela. O que me distrai um pouco e me faz dar uma risada.

— Garota, você não existe. Não vou imaginar homem nenhum. Se for para fazer isso, imagino logo o meu — respondo, rindo ainda.

— Tudo bem, só queria ajudar. E o vestido? A gente precisa pensar no vestido! Juli te mandou uns modelos lindos, mas sei que a gente vai chegar lá no Andy e você vai surtar. Quem não surtaria? — Ela parece imaginar mesmo a gente entrando, e acho que essa é uma das horas que estou mais animada, porque admiro mesmo os vestidos desse cara.

— Acho que vou bater o olho e gostar. Tenho certeza de que terá mangas, porque odeio mostrar os braços, não me sinto bem nas fotos com eles expostos. Quero me sentir bem, não quero usar nada que me aperte, que me faça sentir desconfortável.

— Certíssima, mas pode abusar do decote então. Uma comissão de frente chegando com tudo na Avenida vai ser lindo — ela diz isso, e empina os próprios peitos, fazendo graça.

— Amiga, não vai rolar, eu não uso decote. Quando você casar, coloque essa comissão de frente na avenida. A minha vai parecer mais com a ala das baianas, tudo bem coberto — comparo.

Meu Crush de Nova York 3

— Ok, você quem sabe. Nossa, esse *Wi-Fi* que dizem que tem no voo não funciona direito — reclama.

Fiorela acaba caindo no sono, com o celular em mãos. Começo a relaxar, observando que a aeromoça já voltou a andar pela aeronave, e o sono aparece. Boa parte das pessoas está dormindo, tudo fica escuro dentro do avião. Sem muita opção do que fazer, pego meu Kindle e escolho uma leitura. Falta uma hora ainda para chegar em Nova York e nada melhor para me fazer esquecer onde estou do que mergulhar uma boa leitura, então vamos de Coollen Hoover. Amo sofrer lendo seus livros! Escolho *É assim que acaba* e, para variar, quando se trata de livros da autora, não consigo parar até que chegue ao final. A cada página lida, a sensação de que me deram um soco na boca do estômago. Acho incrível como ela tem o poder de mexer comigo através dessas personagens.

Não chego até o final, porque o comandante avisa que estamos para aterrissar. Guardo o Kindle e me seguro na poltrona de novo. Fiorela nem sequer se mexe, está em sono profundo. Abro a janela e observo Nova York de cima, aquele monte de pontinhos de luz, e penso: "Voltei, e você não sabe o prazer que é estar de volta, Big Apple!".

CAPÍTULO 8

EM ALGUM LUGAR DO PASSADO

Nova York – janeiro de 2022...

Pisar em Nova York novamente é delicioso e, ao mesmo tempo, saudosista. O palco dos maiores romances, inclusive do meu, ter sido um dos locais que mais tiveram vítimas da Covid-19 certamente mudou muitas pessoas, inclusive a mim mesma.

O aeroporto me leva a um túnel do tempo onde pareço estar ouvindo a música do dia em que Ethan me pediu em casamento nesse mesmo local. Se a primeira vez em que pisei no JFK foi não acreditando no amor e achando tudo uma perda de tempo, na segunda, eu já não reconhecia aquela Charlotte. Hoje, percebo que cada cantinho dessa cidade poderia virar um romance, daqueles bem clichês em que o carinha gato derruba café em você, que se apaixona. Nunca imaginaria fazer parte de uma comédia romântica ou sequer que um dia pisaria nessa cidade morando nos Estados Unidos, pronta para contar essa história em um dos programas de maior audiência do mundo.

Eu me distraio totalmente entre os passageiros que desembarcam comigo e, junto de Fiorela, arrasto a mala de mão, relembrando cada segundo vivido por aqui. Ao sairmos da área de desembarque e caminharmos por um imenso corredor lotado de gente, só reparo que a única diferença é as máscaras no rosto de cada um, inclusive no meu. Afrouxo um pouco o elástico da minha, porque minha orelha já está doendo, e observo Fiorela focar mais no celular do que em tudo que acontece ao redor.

Amo observar as pessoas, adoro imaginar por que aquele casal que está do lado esquerdo está de cara amarrada? Estariam eles com sono ou brigaram no voo? Aquela senhora de *face shield* lembra o Dustin Hoffman em *Tootsie* com o personagem dele em *Epidemia*. Esse cara aqui com pinta de jogador de basquete... será que é jogador? Nunca sei o nome deles, só sei se era mesmo alguém famoso quando pedem foto. Mas, por enquanto, as pessoas parecem tão sonolentas que não reconheceriam Beyoncé com J-Zay e as crianças nesse horário.

— Amiga, vamos que o cara que vai levar a gente disse que não pode parar muito tempo lá fora. — Fiorela segura na minha mão e vai me puxando, desviando das pessoas que estão andando calmamente. Se existe algo em que sou péssima é em correr, sempre tropeço ou chego depois de quem estiver andando.

— Que cara? Não ia ter um rapaz aqui com meu nome para nos levar até o hotel e de lá até o estúdio? — pergunto, tentando me lembrar de todas as dezenas de informações contidas nos anexos daquele e-mail, e dos motivos que me levaram a concordar em estar participando dessa loucura hoje.

— Charlotte, *hello*! Sei lá, eu sei que tem um cara me mandando mensagem, não mandou para seu celular, não? — ela pergunta, seguindo com pressa por um local que parece nunca levar finalmente até a porta de saída, que é o que ela deseja.

— Fio, não sei, posso ligar aqui meu aparelho. — Paro de andar e consigo me desvencilhar da mão dela, que me segurava tão forte que deixou a minha vermelha.

— Seu celular está desligado? Por que você desligaria o celular? — Minha amiga parece ter acabado de escutar que eu joguei o telefone fora. E não faz sentido ela não entender por que desliguei.

— Porque nem todo voo tem *Wi-Fi* e mandam colocar no modo avião, então prefiro salvar bateria. Que drama, tá muito cedo para eu conseguir correr desse jeito — reclamo, sabendo que na verdade qualquer horário é péssimo para correr comigo.

— Tá legal. O cara chama Billy, e ele disse que está na saída principal do Terminal 2. — Fiorela sai andando na frente, apressada, e tento acompanhar o ritmo de maratonista dela. Quando finalmente vemos o tal motorista, sinto alívio.

O rapaz é bem bonito, e Fiorela já parece ter despertado, porque nem olha mais para mim, fica só focada na cara — e no corpo — do motorista. Ele gentilmente nos ajuda com a minha pequena mala e com a mochila da Fiorela.

Dentro do carro, ele parte em direção ao hotel em que ficaremos, e sigo observando tudo da janela, sem abri-la por causa do frio que faz. Esfrego as mãos uma na outra, tentando me aquecer, e já procuro dentro da bolsa as luvas que trouxe. O termômetro marca quatro graus e, para uma carioca como eu, é como se a Elsa estivesse me abraçando e cantando *Let It Go* ao pé do ouvido.

Fiorela parece não se importar com a temperatura. Segue usando um *cropped* e um casaquinho não muito grosso que vestiu no voo.

— Obrigada por ter esperado. É você quem vai nos acompanhar todos os finais de semana que viermos?

Sempre esqueço como Fiorela consegue ser animada com um alvo em vista. Assim como ela já deve ter reparado, o motorista não usa aliança. Mas nunca se sabe se ele tem uma namorada. Ou namorado. Ele tira a máscara do rosto para encaixá-la melhor e, quando nos encara sorrindo, passo a dar mais razão para a minha amiga.

— Charlotte do Céu, que homem gato! Já fala que tem um adendo no contrato e que só aceita ele de motorista. — Fiorela se abana mesmo com o frio dando oi lá fora. Não digo nada, porque somos surpreendidas

— Olha, vocês podem falar português comigo porque eu sou brasileiro também. Moro há mais de quinze anos aqui, mas nasci em Minas. É sempre bom conversar com quem é da nossa terra. — Ele finge que não ouviu o que ela disse, e vejo o rosto da Fiorela ficar de outra cor. Mas a vergonha dela dura pouco tempo, essa minha amiga é vacinada na cara de pau.

— A gente também ama conhecer brasileiros, quer dizer, conversar. Charlotte vai casar, mas eu estou de visita mesmo. Sou a melhor amiga da noiva, aí tive que vir. Mas amo tudo isso, eu que consegui que eles fossem chamados para o programa. Mudando de assunto, já que é brasileiro, falaremos em bom português: tem alguma chance de ser sempre você com a gente? Sabe como é, a gente amou o jeito como você dirige.

Eu só não rio porque minha boca nesse momento está congelada e meus lábios rachados começam a doer. Fiorela tem sempre uma maneira de sair das piores situações. Se fosse eu, teria ficado calada até chegar no hotel e rezaria para nunca mais encontrar esse cara. Que mico!

— Não tenho como garantir, porque não sou motorista de verdade. Bom, não atualmente. É que boa parte dos motoristas tem pegado Corona e eu tenho precisado cobrir um ou outro. A firma de traslados é minha e de mais dois irmãos meus.

Meu Crush de Nova York 3

Minha amiga escuta isso e faz com o dedo "dois" e uma cara meio excitada, meio... sei lá como explicar... como se escutar aquilo realizasse alguma fantasia bem louca dela.

— Claro, que bacana. A gente entende, mas você podia nos dar seu cartão, ou sei lá, seu Whats. Cartão é antigo, né? Vai que a gente tem uma emergência... Sempre é bom conhecer um brasileiro que já mora aqui há tanto tempo. — Ela ainda coloca no plural a frase, me envolvendo no flerte com o cara. Eu mereço.

— Tem um folder aqui, só para eu não ter que soltar a mão do volante, pode pegar aqui, por gentileza? — Ele aponta, e Fiorela se estica para pegar.

— Essa é sua empresa? BraBrothers? — Ela folheia e se estica toda para ficar mais perto do cara. Enquanto conversam, me ocupo em ver se tem alguma mensagem nova no celular.

Para variar, Ethan nunca se esquece de enviar frases para me deixar feliz.

> Morrendo de saudades, mas sabendo que um bom livro precisa de muitos capítulos até chegar ao final feliz. Por essa razão, sei que aguentaremos firme, e jamais lhe pedirei para abrir o nosso livro de maneira errada. Ler o final antes de saber o que reserva cada linha seria deixar de ter o delicioso gostinho que é virar cada página com você. Te amo, Seu Ethan.

Olho para aquilo e decido responder. Leio e releio, procurando alguma palavra ou frase que fique à altura do que ele me enviou, mas estou quase digitando algo que me vem à mente quando Fiorela para de conversar com o motorista e se interessa pelo que estou fazendo.

— Frases do Ethan, é? Ah, me deixa ler, vai! — pede, já pegando meu celular. A palavra privacidade ela deixou lá no Brasil.

— Me dá aqui, amiga, ele já mandou tem um tempo e eu ainda nem respondi. Vou mandar algo que me passou pela cabeça agora, me dá aqui antes que eu esqueça. — Pego o celular de volta e digito para ele:

> Você é meu "felizes para sempre". Te amo, sua Charlotte.

Fiorela espicha os olhos e observa o que coloquei para depois dizer:

— Muito romântico, eu ia mandar logo um "te chamo de marcador e você se encaixa em minhas páginas". Sei lá, algo mais sexy. Vocês parecem um casal de cinquenta anos.

Não respondo. Somos muito diferentes e, para manter a amizade, prefiro voltar a olhar Nova York pela janela. A cidade que me fez estar de novo aqui, que mudou minha vida para sempre e que está prestes a ser o lugar em que vou dizer ao mundo que quero Ethan perto de mim para sempre.

Capítulo 9
APENAS DIGA SIM

O hotel em que a emissora nos colocou deve certamente ter o valor diário equivalente a muitos dias do meu salário, situado na 226 W 52 Street e superperto da Times Square. Achei belíssimo; pena que não tive tempo de explorar quase nada, porque minha agenda lotada de afazeres do programa me reservou exatos quarenta minutos para poder largar as malas no quarto, fazer um xixi sem ter que forrar a privada e sair para encontrar Fiorela.

Eles nos colocaram em quartos diferentes, o que sinceramente não tinha a menor necessidade. Um cômodo imenso daqueles só para passar a noite de hoje e amanhã já voltar, dava muito bem. Eu podia tranquilamente dormir com ela naquela cama imensa.

Apressada, dou um jeito nas olheiras com um corretivo em frente ao espelho e só, mas, se não estivesse tão frio e eu tivesse um pouco mais de tempo, me permitiria sonhar com um banho. Sou interrompida por batidas educadas na porta. Se fosse Fiorela, logo bateria cantando uma música da Alicia Keys, então desconfio que não seja ela.

Ao me aproximar para abrir a porta, escuto uma voz perguntando:

— Senhorita Charlotte? Pode nos receber agora? — Espio pelo pequeno olho mágico e vejo que são duas pessoas e não faço ideia de quem sejam.

— Desculpe, mas eu não pedi nada aqui no quarto — respondo, ainda mais curiosa.

— Não trabalhamos no hotel, senhorita Charlotte, somos da equipe de testes rápidos que a emissora contratou para testar os participantes, já fizemos na sua amiga e agora é a sua vez — um deles me explica. Só aí me lembro de que no contrato que assinei estava escrito que é obrigatório realizar os testes de Covid-19.

Pego a máscara que estava em cima da poltrona e a coloco. Abro a porta, sem graça por tê-los confundido.

— Nossa, eu tinha me esquecido, podem entrar, por favor. — Eu os observo entrando com seus casacos imensos e vejo que um deles carrega uma malinha branca com azul.

— Esse teste é aquele da saliva ou do nariz? — pergunto. Sempre tive nervoso de fazer aquele teste do nariz e consegui ficar até hoje sem, mas, pelo jeito e pelo que um deles, o mais alto que tem uma barba por baixo da máscara, tira da malinha, acho que vai ser hoje o dia de conhecer o tal teste incômodo.

— Teste de antígeno é feito por via nasal. A senhorita pode, por gentileza, retirar a máscara, se sentar aqui na minha frente, que facilita a minha visão de onde passar corretamente?

Faço tudo que ele pede. O outro, mais baixo e parrudo, fica calado. Parece reparar no quarto e se distrair com o barulho do celular que está em seu bolso, ele pede desculpas logo depois que uma mensagem chega e faz um barulho bem alto.

Eu me coloco na frente deles e sigo todas as instruções. Sinto que cutucaram meu cérebro com esse cotonete, e meus olhos lacrimejam enquanto ele roda o treco em minha narina. Parece que só quando ele tira o palito é que consigo raciocinar novamente.

— Precisamos aguardar 10 minutos — informa. Eu, que não estava nervosa pensando se estou contaminada ou não, ao vê-lo pingando o líquido naquela plaquinha branca sinto um frio na barriga.

Os minutos parecem não passar. Alguém bate na porta, mais forte dessa vez. Bom, alguém não, está na cara que dessa vez é Fiorela, porque ela praticamente usa a porta como um pandeiro até eu me levantar e abrir.

Ao vê-los em meu quarto ainda, ela acena para os dois.

— Achei que já tivesse terminado. E aí? Negativou? Sigo invicta! E pronta para o *Apenas diga sim*. Meu Deus, vou aparecer na televisão e nos Estados Unidos. Estou emocionada e ainda nem pisamos no estúdio. — Ela se empolga sem nem me deixar responder que ainda não veio o resultado. Imagina se vem positivo e a gente precisa adiar? Acho que ela me tranca aqui dentro e finge que sou eu.

— Negativo. Esse é o comprovante assinado por mim e pelo enfermeiro Eddie. — Ele me entrega e caminha para porta, onde o acompanho e agradeço.

Após a saída dos dois, Fiorela pula na cama, parecendo uma criança.

— Vamos! Quero ir logo para lá. Falaram que você terá um maquiador. Será que eu também? — ela diz, já de pé, correndo para porta.

Na pressa, acabei nem trocando de roupa. O que minha amiga fez, já que, quando quer ser rápida, faz mil coisas em um minuto. No elevador do hotel, um casal todo apaixonado nos cumprimenta. Eu, com minha imaginação correndo solta, olho para as mãos para ver se são casados, mas não consigo descobrir. Por causa do frio, ambos estão de luvas, inclusive eu.

O clima nova-iorquino congela até minha alma. Por mais que esteja com uma blusa térmica, mal consigo me mover quando Fiorela inventa de esperar o carro do lado de fora do hotel. Um vento gelado parece ter me transformado em uma das estátuas de cera do Museu de Madame Tussauds. Mais do que nunca, queria Ethan aqui para estar agarrada nele.

Dizem que o frio faz as pessoas ficarem mais bem-vestidas, mas eu não concordo muito. Acho que, nos casos de cidades como essa, as pessoas vão colocando tanta roupa para se aquecer que pode ser que passem a impressão de bem-vestidos, mas no fundo estão apenas tentando não morrerem congelados. Como é o meu caso. Lamento nesse momento que não tenha passado meu batom de manteiga de cacau, uma relíquia sem gosto que trouxe do Brasil, porque aqui só se encontra com cheirinho e gostinho de morango, e me sinto uma criança de cinco anos brincando de maquiagem.

O céu de Nova York está com nuvens carregadas, e começo a ficar tensa pensando que a meteorologia não pode errar, pois amanhã encaro outro voo de volta para Houston.

— Chegou, aqui o carro — Fiorela me chama. — Ixi, mudaram o motorista. Que pena! — ela lamenta, após ver que quem nos busca é um senhor que lembra o Danny De Vito; inclusive no tamanho, já que mal o vejo no banco do motorista.

— Bom dia, o caminho até o estúdio levará vinte minutos. Se quiserem manter as janelas abertas, me avisem. Posso aquecer o carro também, se preferirem — ele gentilmente oferece.

— Bom dia. Pode fechar as janelas e aquecer o carro. Muito obrigada! — adianto, antes que a Mulher Tocha, vulgo Fiorela, diga que está com calor.

O trajeto passa por alguns locais que conhecia e outros que são novidade para mim. Ver as lojas fechadas no momento e Nova York ainda acordando pela janela do carro dá uma sensação estranha, de querer descer e tirar foto em cada canto para não guardar somente na memória esses momentos. Tá aí algo que eu queria ter feito mais; ter tirado mais fotos com Ethan da primeira vez em que estive aqui.

Sei que o melhor da gente eu guardo na memória, mas sempre lamento que não tirei fotos com ele em alguns momentos tão marcantes para nós. Mas pudera, para mim estar com ele daquela vez era a certeza de que tinha transado com um cara gostoso, mas só isso; era alguém que provavelmente não voltaria a ver. Ele sumiria assim que eu entrasse naquele avião. Mas vocês sabem que não foi assim, que ele foi o melhor que me aconteceu. Depois dele, um *looping* de coisas boas passou a acontecer em minha vida e sinto que cresci consideravelmente. Ainda que lá dentro ainda hiberne uma insegurança da Charlotte de anos atrás.

O motorista avisa que chegamos.

— Vou passar o crachá aqui nessa catraca, mas vocês terão que se identificar na recepção. Provavelmente a senhora Jennifer irá recebê-las.

Como tudo para mim é novidade e estou achando incrível entrar em uma emissora pela primeira vez na vida, só confirmo que está tudo bem e nem pergunto quem é a tal pessoa com quem não me lembro de ter trocado nenhum e-mail.

Fiorela se adianta abrindo a porta do carro assim que ele para e passa a gravar *stories*.

— Eu disse que hoje ia ser tudo! Vocês não imaginam que garagem é essa. Tem a ver com casamento. Tem a ver comigo… Será que eu sou a noiva? Será que vocês não me verão somente nas redes sociais hoje? Me acompanhem e coloquem nos favoritos do Instagram, porque hoje o que tenho para mostrar vai matar vocês de inveja. — Ela manda beijos e faz metade de um coração com uma das mãos, a que está livre.

— Jamais conseguiria ser como você; nem à tarde eu conseguiria, que dirá a essa hora da manhã. Quase ninguém me segue, para minha sorte. — Saio do carro, sendo sincera com minha amiga.

— Quantos seguidores você tem hoje? — ela me pergunta.

— Uns duzentos, acho. Gente que me conhece mesmo, meu perfil é fechado — explico.

— Eu te sigo, mas você não posta nada, aí fica difícil mesmo ter seguidores. Bati vinte mil com minhas dicas de "Como trabalhar para um CEO". O reels foi um sucesso. Imagina agora? Cem mil seguidores vem aí. E eu, se fosse você, já abria esse perfil. Uma das cláusulas do contrato é deixar o perfil aberto e postar pelo menos uma vez por semana algo sobre o programa, lembrando sempre de marcar as redes oficiais deles, não lembra?

Eu lembrava, só queria que a emissora esquecesse.

O motorista segue com o carro, nos despedimos e agradecemos; em seguida, escuto um salto bater no chão de forma coordenada, como quem pisa forte. De longe, avisto uma mulher de saia lápis, camisa preta de botão, um coque no alto da cabeça e os cabelos bem louros. Quanto mais ela se aproxima da gente, mais tenho certeza de que estou diante da Barbie versão "hoje não tem *home office*". A barriga ela deixou em casa, os peitos trouxe e chegam antes dela, o rosto está coberto por uma máscara que ela arranca para falar conosco. Quero dizer que é errado, mas, se for pedir que as pessoas usem máscara o dia todo, vou só me aborrecer.

— Ufa, é horrível andar essa emissora inteira com isso na cara. Vocês fizeram o teste, eu também, então agora já posso respirar. Me chamo Jennifer Bills, sou a responsável por toda a sua agenda com o *Apenas diga sim*. Vou acompanhá-la na escolha e prova do vestido, no salão reservado, em todas as suas etapas por aqui. Portanto, a comunicação entre a gente precisa fluir. Os apresentadores Jane Rivers e Mike Johnson são educados e simpáticos, mas só quando as câmeras estão ligadas. Digo isso, porque eles não gostam de intimidade e sei como vocês são, gostam de abraçar, de beijar e de se adicionarem em tudo que é rede, então, por mais que eles abram espaço para você durante o programa, não se sinta íntima.

Ouço tudo que a bonitona fala, mas o que mais me surpreende é a forma como ela generaliza que gostamos de abraçar, como se isso fosse algo realmente ruim.

— Desculpa! — Paro de andar e acompanho. Por força do hábito, quase encosto no braço dela, mas felizmente me seguro. Eu a encaro com um ódio no olhar que a faz abrir um pouco a boca e se virar para me encarar no alto dos seus muitos centímetros a mais que eu. — Mas a gente quem? As noivas? As brasileiras? Não vou abraçar ninguém, primeiro porque estamos em uma pandemia e eu, diferente de muitas pessoas, estou ciente disso e sigo todas as recomendações que me foram dadas.

Ela olha para Fiorela, que cruza os braços como se eu e ela fizéssemos parte de algum duelo de dança nível "As Branquelas", para mostrar que está me apoiando.

— Charlotte, eu quis dizer as pessoas em geral, mas, já que perguntou,

RAFFA FUSTAGNO

as pessoas latinas costumam amar abraçar e isso não é muito comum aqui na América.

— O Brasil também fica na América — interrompo. — Se quiser, pego um mapa para você se situar um pouco — digo, bem séria. Odeio quem é xenofóbico ou se acha superior por ter nascido nos Estados Unidos.

— Vamos recomeçar nossa conversa. Peço desculpas se disse algo que te chateou. Não foi minha intenção. Às vezes, a gente fala coisas sem pensar, só queria mesmo te dar uma dica, mas acho que usei a pior forma de fazer isso. Amigas? — Ela pisca e dá um sorriso.

Eu estou morrendo de sono. Em pouco tempo, conheci uma mulher que vai me acompanhar e que tem a fala xenofóbica, e ainda descubro que os apresentadores são simpáticos de mentirinha. Ótima manhã de sábado essa.

— Claro, obrigada pelas dicas. Mais alguma? — pergunto, curiosa.

— Anotei algumas coisas importantes, mas a sua agenda hoje não tem tempo nem para um espirro. Precisamos ir agora para sala de maquiagem, depois você precisa escolher outra roupa. Ou trouxe alguma? — ela vai falando, enquanto nos leva andando rapidamente. Aliás, bem mais rápido do que eu e Fiorela. Cada passo seu equivalem a três nossos.

O que faz com que ela chegue até o elevador e precise esperar um pouco até darmos uma corridinha ridícula e alcançá-la. O elevador é todo espelhado e tem fotos dos apresentadores de *Apenas diga sim* e de outros programas da USATV. Quando a porta se abre e estamos no quinto andar, um cara parecido com o Ian Somerhalder passa pela gente. Fiorela quase dá de cara com a parede parando para admirá-lo. Não a culpo, meus sonhos sempre foram ser Elena, disputada por aqueles dois vampiros gostosos. Jennifer anda com pressa, sem reparar que nós duas ainda estamos observando o cara que agora está no celular e demora um pouco antes de entrar no mesmo elevador em que viemos.

Ao vê-lo entrar, Fiorela me apressa. A engraçadinha até segundos atrás estava hipnotizada, agora com o Damon Salvatore genérico ela quer me apressar. Procuramos a Barbie, olhando em todas as portas, já que há um vidro bem no centro e dá para ver perfeitamente quem está lá dentro. A televisão esqueceu o que é privacidade mesmo. Paramos para olhar o corredor vazio com quadros de prêmios que os programas ganharam ou com matérias falando bem de algum jornalista ou apresentador deles.

— Meninas, aqui! — Jennifer coloca o rosto para fora de uma das salas e, quando chegamos nela, lê-se na entrada: Camarim Charlotte Rizzo.

Meu Crush de Nova York 3

A ficha começa a cair. Tenho vontade de sair correndo, ligar para Ethan e perguntar se ainda dá tempo de a gente pedir uma pizza e só ir ao cartório. Nunca gostei de aparecer, até no trabalho não curto muito essas coisas.

— A gente espera aqui? — Fiorela parece mais ansiosa que eu.

— Sim, a Debbie é nossa maquiadora e vai passar aqui daqui a pouquinho. Se sentirem fome, tem uma lanchonete no terceiro andar, mas eu não comeria antes de entrar no ar. A gente nunca sabe se aparecerá inchada. Já volto, vou só ver onde a Debbie se enfiou. Túdo bem?

— Sim, a gente fica aqui. E, se quiser chamar o clone do Ian Somerhalder, eu não me importo. Será que tem mais homem lindo assim por aqui? — Fiorela, como podem ver, já esqueceu o amor pelo motorista que conheceu mais cedo.

— Não era o clone, era ele mesmo. Mas, que eu saiba, ele é casado com a atriz de Crepúsculo. Nikki… esqueci o sobrenome dela. Volta e meia ela está por aqui.

Fico só imaginando a quantidade desses atores lindos que essa mulher encontra por aqui para falar com essa frieza que é ele mesmo. Não é possível, começo a lamentar que não tirei uma foto para mandar para o Ethan. Ia mandar um: "Toda Elena precisa de dois irmãos, quer ser o Stefan?". Se bem que, como em The Originals deu a entender que ela se casou com o Damon, eu teria que explicar que, ao contrário dela, escolheria o outro irmão. Distraio-me pensando nessas besteiras.

É o tempo de a maquiadora aparecer e se apresentar, trazendo uma mala imensa que ela começa a abrir e tem tantos andares que parece que não vai parar nunca de encaixar.

— Oi, sou a Debbie. Qual de vocês duas é a noiva? — ela diz, abrindo um sorriso imenso, apontando com um pincel para mim e para Fiorela. Pelo menos parece simpática.

— Sou eu. Tudo bem? Você vai me maquiar antes de eu escolher a roupa? — pergunto, curiosa.

— Não se preocupe, peguei os dois vestidos do seu tamanho que temos. Você pode escolher esse rosa ou esse turquesa — Jennifer sugere; realmente, ela tem uma habilidade bizarra de rapidez. Nem percebi de onde tirou esses vestidos, que são lindos, mas decotados demais.

— Prefiro algo mais escuro e sem decote. Será que conseguimos? — Olho para as três, uma por uma, que parecem concordar que os vestidos são maravilhosos e que eu sou uma chata criando caso mais uma vez.

64   **RAFFA FUSTAGNO**

Certamente são dessas marcas que jamais terei dinheiro para usar na vida, o que deve aumentar a estranheza com minha não animação em vesti-los.

— Hum, podemos colocar um top que temos por baixo, e então o decote não seria um problema. Mas a cor você precisa definir. — Jennifer dá a volta por mim. Sinto-me invadida por ela medir com o olhar o tamanho dos meus peitos, ela realmente só não encosta neles, mas chega tão perto que fico com medo de que faça isso.

— Ok, vamos de rosa então, mais romântico para ocasião — respondo.

Jennifer estende o braço para me entregar o tal vestido. O tecido é tão macio que acho que nunca encostei em nada com esse pano. Olho para etiqueta, porque não disse nada para não parecer ainda mais chata do que costumo, mas odeio tudo que me aperte. Mania que as pessoas têm de querer me dar coisas que são dois números abaixo dos que uso. Olho para etiqueta e me assusto ao ler que é um Dolce & Gabanna. Se eu estrago isso, passo o resto da vida entregando o salário para essa emissora.

— Bora, amiga eu te ajudo. — Não sei ainda se é o cansaço ou o excesso de informações que tenho em poucos minutos, mas, quando percebo, Debbie escolheu sozinha tudo que colocou na minha maquiagem, porque aquilo que eu falava que preferia, ela dizia que não tinha impacto na tela.

Olho minha imagem no espelho e não me reconheço. Estou com um vestido que realmente parece ter sido costurado em meu corpo e um rosto mudado, com uma maquiagem perfeita, que fez parecer que nunca tive uma espinha na vida.

Fiorela trouxe vários looks, mas acaba convencendo Jennifer a lhe emprestar algo da produção. Tenho que admitir que ela ficou belíssima com o vestido que lhe colocaram; sem contar que Debbie realça o que há de melhor na gente e faz a pessoa se esquecer das imperfeições.

Mais quatro pessoas aparecem na porta do camarim; ela praticamente esteve aberta esse tempo todo, e o pequeno banheiro que há aqui dentro foi o único lugar em que tive algum momento de privacidade.

Quero tirar uma foto e mandar para Ethan, mas nem isso consigo. Imagino que, pela hora, ele esteja no ensaio, então não mando nada. Coloco o celular na bancada e por um segundo me desligo da conversa sobre algumas definições do quadro e em que momento entrarei no programa. O que me faz perder o foco é ouvir o aparelho tremendo e avisando que chegou mensagem de WhatsApp.

Ethan dificilmente usa o WhatsApp. Ele ama mandar SMS e até o Telegram, mas eu sou brasileira e minha mania é com Whats mesmo.

Meu Crush de Nova York 3

> **Boa sorte, te amo. Estamos tentando conectar com a dica que você deu para poder assistir aqui de casa.**

É uma mensagem da minha mãe. Passei dias pesquisando como eles poderiam ver o programa e espero que tenha dado certo.

> **Te amo. Já vou entrar em estúdio.**

Escuto passos de salto alto batendo forte no corredor. Toda a equipe aparece e de repente param de falar, como se tivessem visto algo, de que têm medo. Ela mesma: Jane Rivers. Mais magra do que eu imaginava, usa uma roupa laranja forte e seus cabelos parecem saídos diretamente de um comercial de xampu, daqueles que ligam o ventilador para mostrar quão esvoaçantes os fios são.

Ela passa por todos sem cumprimentar ninguém. Jennifer parece ter virado uma estátua, pois mal se mexe. Umas três pessoas vão mexendo nela; uma ajeita o cabelo, a outra tenta prender o microfone em sua roupa, mas ela não para de andar mesmo assim, e uma terceira parece carregar alguns objetos, como um casaco e um celular.

Após a passagem da pseudorrainha da Inglaterra, todos voltam ao normal, ou pelo menos tentam. Pelo visto, ela está mais para Rainha de Copas, e talvez demita quem der "bom dia" para ela. É essa criatura que vou ter que aguentar por mais de um mês, mas tento não me martirizar por isso.

— Mal-educada, não é? Deus me livre — Fiorela comenta, em bom português mesmo. Nunca entendo a necessidade das pessoas de se acharem mais importantes que as outras.

Perto da entrada do estúdio. Jennifer explica onde minha amiga ficará na plateia, mas lhe coloca um microfone na roupa, dizendo que ela participará em algum momento. Escuto todas as coordenadas e as sigo com medo de errar algo ao vivo. Debbie me deseja boa sorte. Acho que vou precisar mesmo. As duas somem por trás de uma cortina e fico sozinha; pior de tudo, sem meu celular, porque me obrigaram a deixar no camarim.

O tal Mike, o outro apresentador, aparece. Ele pelo menos não finge que sou invisível e dá um sorriso como se nos cumprimentasse. O cara é muito mais bonito do que eu me lembrava, pena que Fiorela não está mais aqui do meu lado para fazer aqueles comentários básicos.

RAFFA FUSTAGNO

Jennifer reaparece do nada e pede para colocarem o microfone rapidamente em mim, porque entro em um minuto. Na minha cabeça, vem a contagem de um minuto e começa a bater um leve desespero. Quando as cortinas se abrem, estou na lateral e Jennifer segura meu braço para que não ande. Meus olhos se assustam com a quantidade de gente na plateia, e não consigo ver com nitidez, porque as luzes fortes não permitem, mas encontro Fiorela, porque ela abana para mim, o que irrita Jennifer.

— Estamos ao vivo, ela não pode fazer isso, ela foi avisada.

Não digo nada, porque, desde que cheguei, é o primeiro momento que me divirto e isso quebra meu nervosismo.

O programa começa, e preciso entrar, mas minhas pernas travam de um jeito que não consigo dar um passo. Minha barriga começa a fazer ondas, e acho que terei a pior dor de barriga da minha vida. O medo de criar duas pizzas na axila mesmo com esse frio todo é imenso. Jennifer avisa umas três vezes que preciso entrar, até que, sem paciência, segura minha cintura e fala no meu ouvido:

— É ao vivo! Você tem que entrar agora. — Isso não ajuda em nada, porque, ao ver que os apresentadores falaram meu nome algumas vezes e ainda não entrei, me sinto menos preparada do que estava quando cheguei aqui.

Jennifer literalmente me dá um empurrãozinho, que faz com que eu entre no programa tropeçando, mas, sem ir ao chão. Pelo menos isso. Tenho umas duas câmeras grudadas na minha cara e nem consegui dizer nada até o momento.

— Essa é Charlotte Rizzo, nossa noiva. Ela deve estar nervosa. A gente entende, não é? — Jane incita a plateia a responder. E eu tinha me esquecido de como odeio essas perguntas, para as quais sabemos que a plateia já tem uma resposta pronta, padrão, na ponta da língua.

Mike se aproxima de mim, cobrindo o microfone que tem no blazer.

— Respira, você precisa se sentar ali. — Aponta para um imenso sofá vermelho.

Caminho até ele, enquanto a plateia interage com Jane e, em seguida, entra com a propaganda de um produto, dando um tempo até eu me recuperar. Eles já devem estar acostumados com coisas assim.

Consigo me recompor e me sento. Minha tranquilidade dura pouco tempo, porque Jane percebe que me acalmei e vira de novo para falar comigo.

— Como você está hoje?

— Bem, bom dia a todos — falo, ainda sem graça.

Meu Crush de Nova York 3

— Hoje vamos contar a história de Charlotte Rizzo, uma brasileira que veio atrás do grande sonho latino: encontrar o amor em Nova York. Uma história bonita, que parece uma comédia romântica daquelas que já vimos alguma vez com Jennifer Lopez no papel principal. E, aqui no palco, ela terá seu final feliz. Porque final feliz não é somente o *Green Card* que receberá! Charlotte se casará com um rapaz lindo e os dois terão seu "felizes para sempre". Mas para isso, você, eu e ele sabemos que ela precisa… — Jane levanta e caminha até a plateia, que bate palmas. Nem Fiorela está conseguindo acompanhar, tamanha empolgação.

— Dizer sim! — a plateia repete junto com os apresentadores. Conheço essa mulher há poucos minutos e já quero socar a cara dela. Eu não vim atrás de *Green Card*, essa louca vai dar chance de eu contar a história de verdade?

— Agora, vamos para um intervalo, mas, antes disso, foca no rostinho dela. Uma moça bonita, que vai ter aqui nesse programa e nos próximos seu grande sonho realizado. Nem todo mundo tem essa sorte, mas ela sim, Charlotte vai mostrar que contos de fada ainda existem. Ela só precisa… toca a música, maestro.

E os apresentadores se juntam à plateia, que canta a música muito alto, e minha vontade se divide entre sair correndo ou rir desse papelão que estão fazendo.

A tal música gruda na cabeça da gente, e não sai.

> *Apenas diga sim*
> *Para esse cara tão legal*
> *Apenas diga sim*
> *Para o vestido ideal*
> *Apenas diga sim*
> *Para o cerimonial*
> *Apenas diga sim*
> *Para seu sonho ser real…*

E, embalados em passinhos coordenados bem mais vexatórios do que qualquer Tik Tok para minha geração, graças a Deus os comerciais chegam, mas sei que minha tortura está apenas começando…

Não era para ser o dia mais feliz da minha vida?

Capítulo 10

MENS@GEM PARA VOCÊ

Ter começado a assistir mais conteúdo pelo YouTube do que pela própria televisão me fez esquecer um pouco o quanto os programas seguem um padrão mundial de colocar o "entrevistado" em uma situação que ele não se sente muito bem, em que absolutamente ninguém lhe pergunta o que prefere ou se algo ali lhe incomoda.

É como se assinássemos um contrato vendendo a alma em troca de ganhar algo bem legal: pode ser como eu, que aceitei para que banquem meu casamento; pode ser visibilidade para um negócio; ou até mesmo a chance do reencontro com alguém que você sozinha foi incapaz de encontrar. Então o programa traz essa pessoa até você, e claro que, por causa de tudo isso, devemos ser eternamente gratos e servir à Vossa Majestade, nesse caso, o apresentador.

Fico me perguntando por que o texto do programa que fala de mim diversos sábados não me mostrou o que falariam? Mal me fizeram perguntas, então de onde tiraram essas informações equivocadas? Se meu celular estivesse comigo, eu já teria enviado várias mensagens para o Ethan pedindo socorro. No fundo, queria estar com ele, o vendo tocar no mesmo palco da Celine Dion. Que orgulho que tenho desse cara!

Os comerciais são rápidos e logo a Jane está sentada à minha frente com Mike ao seu lado. Ela não me olha uma única vez, parece concentrada demais em se achar a melhor coisa do universo e ser delicada com quem está ao lado. Definitivamente Mike é bem menos metido que ela.

Os refletores começam a se mexer e os câmeras se aproximam. Estalo os dedos muitas vezes e estou com vontade de roer a unha, mas consigo me controlar. Então o bloco começa, e Jane é quem fala primeiro:

— Voltamos! Hoje temos uma jovem brasileira que, em busca do seu grande amor americano, viajou para Nova York. Como se conheceram, o dia que começaram a namorar, quem pediu quem em casamento? Fiquem conosco que vamos contar tudo para vocês e, claro, ajudar a realizar o sonho desses dois.

Ela chama um comercial que dura menos de três minutos, para então continuar comigo de onde paramos.

— Charlotte, você esperava encontrar seu amor em Nova York? Conte-nos como aconteceu isso. Você premeditou o encontro? — Ela olha para mim e é minha vez de falar.

Jane usa palavras que tenho vontade de voar na cara dela como uma leoa. Como assim premeditei? Essa palavra parece usada em série de True Crime. Não combina nada com meu romance com Ethan.

— Na verdade, não aconteceu dessa forma. Nada foi premeditado — respondo, e ouço um "ohhhhh" da plateia. Jane sabe como reverter a favor dela.

— Uau! Amamos as coincidências do destino. Conte para nós como aconteceu. Estamos curiosos, certo?

Começo a me irritar com a forma como ela vai se virando no sofá para achar a melhor câmera. Ok, talvez isso seja combinado, mas ela parece estar muito mais preocupada com aparecer bem para os outros do que demonstrando um pouco de interesse em saber a verdade.

Nesse momento, localizo melhor Fiorela, que está bem na minha frente e, enquanto as luzes focam na apresentadora, olho fixamente para minha amiga, buscando um ponto de apoio. Foi assim que me ensinaram no trabalho quando antigamente eu tinha medo de fazer apresentações em público. Até hoje não amo, mas domino a cena quando entendo do assunto. E se tem algo que tenho domínio é da história do meu romance com Ethan.

— Eu estava desempregada, as coisas não andavam muito animadoras. No Brasil, temos um valor que vai sendo depositado pela empresa enquanto você trabalha e, ao ser demitida, a pessoa pode resgatar. Foi essa grana que usei para conhecer Nova York, porque meus tios moravam aqui. Não vim pensando em romance, não busquei Ethan, as coisas simplesmente aconteceram. Entrei no local que ele trabalhava e, ao me entregar o café, o copo abriu e daí em diante tivemos sim algumas deliciosas coincidências — finalizo. Aguardando, claro, a reação da simpática.

— Um perfeito romance clichê. Tinha uma cama só? Vocês fingiram serem namorados? Ou você descobriu que ele estava brigado com o pai e trabalhando de barista, mas que, no fundo, era herdeiro de um império e milionário? — Ela ri, e sua gargalhada é tão falsa que não esboço nenhuma reação. Até mesmo Jennifer, que enxergo no canto do estúdio prestando atenção, parece estar achando tudo aquilo bem desagradável pelos olhares que está fazendo.

— Não. Ethan é duro como eu. Se fôssemos ricos, não estaríamos participando do programa — eu falo e, ao mesmo tempo, me arrependo. Sempre fui assim, não sou de aparecer, mas, às vezes, me abro demais com quem não tenho a menor intimidade, e acabei de fazer isso em rede nacional, ou melhor, mundial. Meus pais essa hora devem estar pensando que os matei de vergonha por expô-los, e a verdade é que nunca me faltou nada. E meus sogros devem me odiar por falar que o filho deles é quebrado como eu.

Há um silêncio na plateia. Parece que todas as pessoas se assustam com minha fala. Percebo que disse algo muito duro e inconveniente em um programa de televisão e me pergunto por que sou assim.

— Mas romances em Nova York também pegam o metrô, não é gente? Me conte quando começaram a namorar. A gente ama uma história mais vida real, mais "pode acontecer comigo também". Fiquem atentas nas dicas dela, hein, meninas. — Ela cismou com a linha de que estou dando o golpe do *Green Card* e, pelo visto, não tem pretensão alguma em sair dela.

— Isso aconteceu somente um ano depois, quando ele foi me visitar no Rio de Janeiro. Então eu e ele percebemos que tínhamos uma conexão maior. A gente nunca sabe quando os relacionamentos darão certo, ainda mais à distância — explico.

— Charlotte, você está bem desanimada. A gente quer te ver mais para cima. Ou... quem sabe se emocionando muito... Porque, antes de mostrarmos a você as opções que temos de salões para o casamento, a nossa produção tem alguns recados para vocês...

— Silêncio plateia, hora do telão — alguém da produção avisa.

E estou muito nervosa. Isso não foi combinado, por isso não tenho ideia do que ela falará ou apresentará para as pessoas ou quem irá aparecer.

Quando a tela acende, primeiro aparece uma foto minha e do Ethan no Rio de Janeiro, uma que tiramos despretensiosamente na Cinelândia. Acho essa foto linda, mas não me recordo de ter enviado a eles.

Meu Crush de Nova York 3

Então ele aparece, meu futuro marido, a razão de eu estar aqui hoje pagando esse mico e passando por essa provação divina. Só de ver o sorriso dele, tenho certeza de que qualquer esforço é pouco perto da potência que é estarmos juntos.

— Oi, meu amor. Estou aqui em turnê, como você sabe. Queria te ter pertinho de mim, mas sabemos que hoje você estará em estúdio. Morro de saudades de você, não vejo a hora de sermos oficialmente casados. No meu coração, já somos casados desde que lhe pedi em casamento. E pediria outras cem vezes se necessário, porque, de muitas incertezas na vida, estar com você não faz parte dessa lista. Te amo, em breve estaremos juntos. — Ethan joga um beijo e percebo que o vídeo dele foi gravado hoje ou por esses dias, já que viajou há pouco tempo para a turnê.

A plateia faz uns assobios com os quais não tenho como discordar. Ethan é de tirar qualquer uma do sério com esse sorriso. E os olhos? Poderia passar o dia inteiro só dizendo todas as coisas que são perfeitas nele, e precisaria de um final de semana para enumerar suas qualidades.

Quero responder algo. No fundo, sei que preciso, mas aqui, diante de tantas pessoas, eu só me emociono. Sinto meus olhos marejarem e as lágrimas escorrerem. Passo a mão pelo nariz para dar uma disfarçada, mas acho que agora Jane conseguiu o que queria de mim.

— Que lindo ele, hein?! Que bonitinha, se emocionou. Ele é bonito não é, gente?

E plateia responde em coro que sim.

Sei que aceitei vir e que não deveria me incomodar tanto com o que ela fala; aliás, deveria ter estudado melhor o que dizer nesse momento e ter me preparado, mas as coisas aconteceram tão rápido que ainda não consigo assimilar que estou aqui. E, como nunca tinha tido contato com câmeras e um público tão diferente dos que faço palestras no trabalho, acho que, mesmo que tivesse treinado em frente ao espelho diversas vezes, nenhuma delas se pareceria de fato com essa experiência e me tranquilizaria de verdade. Saber que estamos ao vivo não melhora como me sinto.

A câmera se aproxima de novo, e entendo que é o momento de dizer algo, então tento apagar a imagem de todas as pessoas à minha frente me encarando e da apresentadora e imagino somente Ethan me olhando. Imaginar seu abraço e seu carinho todas as vezes que tenho medo de algo faz eu encontrar aquele lugar seguro e único, onde sei que é meu ponto de apoio para enfrentar o mundo de mãos dadas.

— É recíproco. Ele sabe que é. Eu amo esse homem do fundo do meu coração. Pode parecer só uma mensagem bonita, uma frase saindo da boca para fora em um programa de televisão, mas é mais do que isso. Ethan é aquela pessoa que você encara e, por mais que saiba que tem tantas qualidades e motivos para estar junto, segue impressionada por nunca te imaginado amar tanto alguém assim. A gente tenta entender, mas não consegue descobrir como ama tanto, porque, antes de viver aquilo, não poderia imaginar que aquele sentimento tão grande existia de verdade. É isso, sou completamente apaixonada por esse cara. — Paro de falar e percebo que os dois apresentadores não esperavam que, depois de tantas respostas mais secas, eu fosse me declarar assim. Consigo ver a empolgação de Fiorela, que bate uma palma tímida e controlada.

— E esse casal lindo vai dizer sim um ao outro com a benção do *Apenas diga sim*, de todos os nossos telespectadores e, quando chegarem da lua de mel, vão querer descansar. Claro, nosso querido patrocinador, os colchões *All Night Long*, estarão com eles. — Os apresentadores se levantam junto com a plateia e uma cama aparece do nada no palco. Eles se sentam, batendo palmas e cantando.

All night long (all night), yeah, (all night)
A noite inteira (inteira), sim, (inteira)
All night long (all night), yeah, (all night)
A noite inteira (inteira), sim, (inteira)

Fico feliz em não me fazerem dançar com eles. Finalmente a música termina e Jane caminha de novo até mim. Começo a ficar com medo do que ela vai aprontar agora.

— Nossa querida noiva já teve momentos emocionantes hoje, mas ainda temos muitos outros blocos pela frente! Agora, é hora de ouvir uma mensagem que seus pais e seu padrasto têm para você. — Estou boba com como todo mundo escondeu essas surpresas de mim, inclusive minha mãe, com quem falei há pouco tempo.

O telão mostra minha mãe com Roger ao lado. Ela está na sala toda maquiada e usando uma camiseta com os dizeres: "Nova York", que trouxe da minha última viagem. Visivelmente tensa por ter que falar em um vídeo, parece que a estou escutando reclamar: "o que eu não faço por você, hein?".

— Oi, minha filha. Eu e o Roger estamos aqui hoje para dizer que estamos muito felizes em saber da sua participação no programa *Apenas diga sim*. Você sabe que sua felicidade é a nossa e que em breve estaremos juntinhas de novo. Vou acompanhar tudo por aqui, torcendo para que os dias passem logo e que eu esteja te vendo de perto novamente. Seu amor e do Ethan é a coisa mais linda. E temos certeza de que o casamento de vocês é a uma decisão que faz todo mundo que os ama muito felizes. Te amamos, viu? Um beijo imenso. — Meu padrasto também manda beijo e juntos formam um coração com as mãos, o que duvido que tenha sido ideia deles, aliás... O texto, todo amarrado, parece ter sido decorado por ela. Estou mais emotiva do que o normal, então claro que, por tudo que passamos, pelas saudades imensas, choro outra vez. Confesso que nem me importo se estamos ou não ao vivo.

Nem dá tempo de me recuperar e a imagem seguinte é de meu pai, em um lugar que não reconheço, mas que parece ser um restaurante. Na minha cabeça, vê-los sem máscaras e em um ambiente que não seja em casa começa a bater a neura de que se contaminem, mas tento relaxar e escutar a mensagem. Meu pai não fala inglês muito bem, então Jane avisa que um tradutor irá fazer o trabalho simultaneamente.

— Oi, filha. Nossa, que saudades! Quando falaram que você estaria em um programa de televisão eu estranhei, sei que não gosta de aparecer, mas depois entendi que um amor lindo assim como o de vocês precisa ser mesmo mostrado ao mundo para dar esperança a quem está desacreditado no amor, ou para quem andou vacilando por aí. — Ele pisca, falando de si mesmo. — Desejo a vocês toda a felicidade. Estarei aí para te acompanhar nesse momento tão importante. Papai te ama muito, Pituca!

Acho fofo, mas quero me enterrar no chão quando ele me chama de Pituca. A última vez deve ter sido quando eu tinha dez anos, mas a pandemia certamente o fez um saudosista, maior do que sempre foi.

A plateia bate palmas, e acredito que sejam somente essas as surpresas por hoje. Abro um sorriso e espero que um dos dois me peça para dizer algo.

— Seus pais são incríveis e simpáticos. Nós os amamos, certo, gente? — Lógico que a plateia ensaiada responde que sim.

Gravar um programa é muito cansativo. Há dezenas de pessoas por trás de tudo isso, movimentos que fazem com que eu me perca no meio do caminho, e situações que nem sabia que existiam. Uma delas é a de vir uma assistente me entregar um copo de água com canudo, porque não terei tempo de retocar a maquiagem. Tento não usar as pessoas para coisas que posso fazer sozinha, mas, quando percebo, estou usufruindo das regalias para não atrasar nada no programa.

Ainda sinto falta do meu celular e gostaria muito de falar com Ethan, mas preciso decorar todas as instruções que Jennifer e mais um monte de gente me dão para cada bloco. Para minha surpresa, a escolha do salão não será uma visita presencial, mas sim uma visita virtual por duas opções que eles me darão para as datas possíveis, de acordo com o programa. Quando me explicam isso, eu me irrito um pouco.

— Desculpe, mas preciso ver com meu noivo se ele poderá nessa data. — Eles tinham deixado em aberto o quinto programa para decidirmos a melhor data de acordo com a agenda de Ethan. Para variar, me surpreendem com decisões que não me envolveram.

— Charlotte, fique tranquila que já falamos com seu noivo, e o dia 5 de fevereiro já foi fechado com ele. Estamos em contato com toda sua lista de convidados de fora do país para comprarmos as passagens no melhor dia para eles. Querida, relaxa que você tirou a sorte grande, minha linda. O sonho de toda mulher é ter tudo bancado pelo *Apenas diga sim*, e se é algo que você tem é sorte: um noivo digno de ser protagonista de comédias românticas dos *streamings*, um casamento do jeito que você sonhou... Só curta cada minuto. Agora, respira fundo, que é hora de escolher o salão no próximo bloco. Você vai ver como esse novo sistema de escolha ganhou tempo e apoio de um patrocinador que é tudo!

Esse jeito de BFF de Jennifer é algo que tenho vontade de sacudi-la e dizer, como minha mãe amava lembrar, que "não sou todo mundo". Decidir tudo por mim, com a melhor data para audiência e os patrocinadores, não estava nos meus planos. Ao mesmo tempo, preciso lembrar que nessa encarnação não teríamos dinheiro para bancar nada disso, e o principal para gente acho que é poder reunir as famílias, mesmo depois de tanto tempo.

Faço um esforço imenso tentando me acalmar. Conto até vinte, rezo baixinho, e a data agora fica martelando na minha cabeça. Fora que não sei o que sentir com Ethan ter concordado com a data antes de eu ter falado com ele. A sensação que tenho é a de que todos se uniram para me enlouquecer achando que seria a melhor ideia do mundo saberem de tudo e eu de quase nada.

Quando o bloco volta, e Jane diz que é o último, respiro aliviada. Não vejo a hora de pegar o celular e ligar para Ethan. Na verdade, quero conversar com meus pais também, estou quase convocando uma reunião extraordinária para discutir o que deveriam ser minhas escolhas.

Meu Crush de Nova York 3

Amo a Mariah Carey, sempre achei o máximo escutar todas as músicas dela, tanto as alegres quanto as tristes, sem contar com as de Natal, mas toda vez que o intervalo entra, a música que toca é a mesma do retorno dele: *I want to know what love is.*

I wanna know what love is
Quero saber o que é o amor
I want you to show me
Quero que você me mostre
I wanna feel what love is (Feel what love is)
Quero sentir o que é o amor (sentir o que é o amor)
And I know you can show me, show me
E sei que você pode me mostrar, me mostrar
I wanna know…
Quero saber…

Jane e Mike se posicionam na minha frente, ficando de costas para mim, que sigo sentada. Minha visão é exatamente a bunda de ambos.

— Chegou um grande momento. O primeiro deles, na verdade. O da escolha do local. Com patrocínio dos óculos 3-D Vision Multi, você enxerga além, e Charlotte poderá fazer um tour por dois espaços que escolhemos. Bom, na verdade, tivemos a ajuda de duas amigas dela.

Os dois vão abrindo espaço, e agora consigo ver novamente a plateia. Eles se sentam no sofá ao meu lado, enquanto um dos ajudantes leva um microfone até Fiorela. Por que nesse momento não estou surpresa? Pela animação dela, minha amiga já sabia que apareceria e que falaria em algum momento.

Mike faz perguntas para ela, e me sinto transparente com todos ignorando minha presença ali e minha falta de informação sobre absolutamente tudo.

— Se Charlotte e Ethan terão um casamento dos sonhos, a culpada disso é uma amiga muito especial. Essa amiga está com ela aqui hoje. Fiorela conheceu a noiva no trabalho e logo criaram laços tão fortes que ela a convidou para ser sua madrinha. Além de ter inscrito o casal em nosso programa, a moça também selecionou locais onde a noiva gostaria de dizer o seu "sim" — ele conta, e Fiorela mostra absolutamente todos os dentes, está em uma felicidade contagiante. — Nos conte um pouco como está sendo ver sua amiga realizar um sonho e como foi escolher os locais que ela decidirá onde teremos essa linda celebração em nome do amor.

— Oi, gente, estou muito feliz em estar aqui. Conhecer vocês e essa equipe incrível é um prazer, tanto que nem que eu tentasse conseguiria descrever. Mas Charlotte é especial, assim como Ethan, e o amor deles merecia ser mostrado em rede nacional. Não há limites para esses dois e tenho muito orgulho em ser madrinha deles. Mas essa escolha teve ajuda de outras amigas especiais da noiva, que gravaram uma mensagem para ela.

Ótimo, me sinto no *Arquivo Confidencial* do finado *Domingão do Faustão*. Juli e Luíza me "traíram", e garanto que foi por isso que ambas sumiram.

— A melhor amiga tem razão! Vamos ouvir duas amigas que gravaram uma mensagem muito especial sobre a escolha dos lugares dessa festa, que tenho certeza que vocês já estão anotando na agenda a data, pois estão convidadíssimos para esse momento tão lindo. — Jane caminha pelo palco e, como quem aponta para um imenso mapa para dizer como será o tempo nos próximos dias, indica um telão diferente dos demais que apareceram, um que sai do chão; um não, dois. Em um deles aparece Juli e no outro, Luíza.

— Oi, gente, sou a Luíza, amiga da noiva há menos tempo que a Juli, mas a Charlotte e o Ethan são muito especiais para nós. Um lugar que eu amo ir com meu marido é o River Café, acho a história dele incrível. Já vi alguns casamentos acontecendo lá, e acho que, para o estilo do casal, tem tudo a ver. Meu voto é por ele. Mas acredito que a produção irá mostrar melhor a ela e contar mais sobre esse charmoso espaço. Seja qual for a escolha, estaremos presentes. Amamos vocês, casal. Um beijo imenso e nos vemos em breve! — ela falou, tão fofinha, que não me sinto mais traída.

Começo a me animar em saber que é um espaço tão especial para eles e que lembraram da gente. Uma moça me entrega um óculos imenso para colocar e ter uma visão melhor do espaço, que é belíssimo mesmo. Enquanto observo, acredito que a plateia e o pessoal de casa também estejam vendo algumas cenas do ambiente. Escuto Jane ler um texto sobre a história do espaço.

—Vamos conhecer um pouco mais desse espaço incrível escolhido pela Luíza? Bom, o River Café abriu em junho de 1977, em um bairro esquecido e abandonado nas docas do Brooklyn. Quando o dono descobriu o espaço, ficou impressionado com aquele pedaço negligenciado de orla, que era especial; sem civilidade, mas com possibilidades maravilhosas. Então lutou por aprovação dos órgãos competentes e, em 1974, teve a resposta positiva e passou a construir o restaurante.

Meu Crush de Nova York 3

"Naquele ano, a própria Nova York estava lutando com problemas financeiros, e a ideia de criar um restaurante sério em um dos distritos industriais esquecidos da cidade estava além da loucura. Desde os primeiros dias do restaurante, ele insistiu que o The River Café se dedicasse a servir apenas o mais alto nível de cozinha, preparada com os ingredientes mais frescos e melhores, disponíveis em qualquer lugar. Como resultado, o restaurante surgiu na vanguarda da chegada da cozinha clássica americana à Costa Leste, buscando os melhores e mais puros ingredientes em todos os aspectos. Hoje, o lugar é sinônimo de beleza e charme. O River Café foi celebrado com inúmeros elogios, incluindo uma estrela Michelin, e pode ser o local escolhido por nossa querida Charlotte."

Ouço uma salva de palmas e me espanto, porque, se tem a tal estrela, imagina o valor de cada prato servido. Em minha cabeça, passam várias indagações; uma delas é de que eu não deveria escolher sem o Ethan. O momento é importante para nós dois, certo?

Claro que tempo é dinheiro e mal consigo me recuperar do lugar belíssimo com uma vista que deve ser a coisa mais linda do mundo, quando Juli é chamada para mostrar a escolha dela. Tiro os óculos para vê-la falando, todas as falas são gravadas.

— Oi, amiga. Oi, todo mundo! Eu queria algo bem legal para vocês, mas você sabe que nunca fui a Nova York. Inclusive estou tirando meu visto para o seu casamento, ou melhor, a autorização de quem possui passaporte europeu, porque herdei do meu avô, você sabe, a nacionalidade. Mas... me mostraram lugares incríveis e achei lindo demais o Gallow Green. O que achei maravilhoso, amiga, é que me disseram que nesse hotel tem um teatro com uma peça muito legal. E já pensei logo que você não curte ter trabalho escolhendo as coisas e lá, pelas fotos que vi, é bem natureza no meio da cidade, já que é todo rodeado por plantas e folhagens. O *rooftop* é simplesmente tudo de lindo!

"Amei também as mesas de madeira que são fofas e a iluminação mais intimista, bem a cara de vocês dois. E nem precisa se preocupar com o frio, porque o lugar é coberto, mas, como boas cariocas, a gente leva um casaco. Te amo, faça a melhor escolha, estarei com vocês em breve."

Acho perfeito o quanto ela realmente me conhece. De uma forma tão incrível que tenho orgulho de nossa amizade.

Quando Mike vai apresentar o espaço e pede para eu colocar os óculos, tudo que quero é abraçar minha amiga forte e dizer que a amo também. Ao ver cada cantinho do lugar que ela escolheu, me vejo com Ethan, dançando, mesmo que eu congelando, e ele achando um clima maravilhoso como sempre.

— Esta cidade está cheia de tesouros escondidos, e Gallow Green, o bar verdejante da cobertura acima do Sleep No More's McKittrick Hotel, é uma surpresa encantadora. De acordo com a teatralidade do show, um misterioso passeio de elevador o deposita em um jardim secreto encenado, que não apenas se adapta às estações, mas também se inclina para elas. Exuberante nos meses mais quentes com passarelas forradas de vegetação, o espaço se transforma no inverno em uma pousada rústica com quartos escondidos que abrigam beliches aconchegantes forradas de flanela e vários recantos para se perder. A área externa não é proibida no frio; fogueiras em chamas aquecem você e são cenários dos mais lindos casamentos. E agora, Charlotte? Qual lugar vai ser o escolhido para o momento do sim?

Passo a ver todos os pontos positivos de ambos os lugares, tentando imaginar qual deles Ethan iria amar mais. Qual tem mais a nossa cara.

— Vamos saber em instantes, logo depois do intervalo — Jane interrompe. — Segurem aí. Aqui tudo é com emoção — ela avisa, e olho para Fiorela, que mexe somente os lábios sem emitir som no que entendo ser "amei os dois, não saberia escolher".

Mas eu já sei... sei exatamente qual deles será o escolhido.

Capítulo 11

A HISTÓRIA DE NÓS DOIS

Houston - três dias depois...

Queria passar o resto do dia na cama. Não, queria desaparecer nessa cama. Desde que fui ao programa, o celular do Ethan não para de tocar. Aparentemente estou me casando com o homem mais gato do universo, o que eu já sabia, mas o mundo descobriu e várias jornalistas têm procurado por ele para que conte mais sobre como está sendo namorar uma latina como eu. Como se boa parte dos americanos não tivesse se casado com mulheres que são descendentes de outros países ou imigrantes por aqui.

No fundo, querem uma desculpa para tirarem fotos dele. Uma abusada me adicionou em todas as redes sociais e enviou três e-mails para que o convencesse a tirar as fotos que seriam ótimas para sua carreira.

Estou com ciúmes? Claro. Não serei ridícula de dizer que não. Minha insegurança não está falando muito alto, porque confio em Ethan, mas me irrito com todo esse assédio em cima dele. Elas nem disfarçam, eu sou a noiva e ninguém me inclui nas ditas entrevistas e ensaios. Sem contar o Instagram dele que, com apenas um programa, triplicou o número de seguidores, e os convites no *direct* são impróprios para menores.

Escuto Ethan dando mais uma desculpa e desligando o celular. Finjo que estou dormindo e puxo o edredom até a metade da minha orelha, mas ele é esperto e me conhece bem para saber que meu sono é leve e que, com ele falando, não estou dormindo completamente.

Sinto o peso dele deitando na cama e se aproximando de mim, que estou um pouco de lado, de olhos fechados. Sua respiração se aproxima do meu ouvido e ele afasta o edredom para roçar a barba por fazer em meu rosto, me dando um beijo suave na bochecha.

— Vamos levantar, Bela Adormecida? Ou alguém pretende ficar na cama o dia todo?

— Por mim, eu ficaria mesmo, hoje de manhã a *Diabo Veste Macys* estará em um avião indo para Dubai, então nem verá se estarei on-line ou não — falo, com sinceridade, me referindo ao apelido carinhoso que dei à minha atual chefe, uma italiana linha dura que vive noventa e nove por cento para o trabalho e acredita que todo mundo deve seguir a mesma linha. Acontece que as pessoas têm vida fora do trabalho, só que ela não sabe ainda.

— Você fica linda até com preguiça, sabia? — ele diz, se enfiando debaixo do edredom e colocando o braço em volta da minha cintura.

— Sei, e você? O novo galã da atualidade? Quantas propostas só essa manhã? Já te chamaram para fazer um teste para o remake de *Lendas da Paixão*? — implico com ele.

— Claro, mas tive que negar, porque disse que só aceitava atuar se você fizesse o papel da Julia Ormond; do contrário, nada feito. — Ele ri, citando o nome da atriz que fazia par com Brad Pitt nesse filme, ou quase isso para quem assistiu.

— Ok, vou fingir que acredito que sua resposta seria essa. Aliás, o programa que você tem que me acompanhar está chegando. Animado? Eu estou, para ver mulheres fazendo fila aqui na porta e no seu camarim nos shows… É tudo que eu precisava — falo, enquanto ele faz carinho na minha barriga. Mesmo com a mão gelada, não reclamo.

— Amor, você realmente está com ciúmes? Todas essas pessoas me conheceram porque vamos nos casar, certo? Então não deveria ser algo ruim, o mundo todo sabe que te amo, e só vamos confirmar isso em breve. Você fala de mim, mas estava linda, eu não conseguia te tirar da cabeça no sábado. Aliás, nunca tiro, você sabe disso, mas aquele vestido que você usou, a maquiagem… Você é linda acordando, arrumada ou não, maquiada ou não. Mas te ver ali teve um brilho que talvez você não tenha percebido. Não é todo dia que a mulher que amo está na televisão, falando do amor que sentimos. Acho que acertamos em participar, e cada vez acredito mais que dará tudo certo e que traremos coisas boas dessa experiência.

Ethan é sempre a parte positiva. O dia está chuvoso e ele encontra beleza em estarmos ensopados; se algo dá errado, sempre encontra uma forma de me mostrar que temos que aprender algo com aquilo, quase um *coach* motivacional.

— Me desculpe, estou insuportável, como sempre — reflito.

— Você não é insuportável, de onde tirou isso? — Ele apoia o cotovelo na cama e se vira em minha direção, tirando a mão de minha barriga para fazer carinho em meu rosto. — Não diga isso — pede.

— Estou levemente surtada com tudo, é como se de repente coisas boas estivessem acontecendo, mas eu não conseguisse assimilar tudo. E há a pressão. As pessoas sempre se referem ao dia do casamento como o dia mais especial para o casal, aquele em que tudo precisa dar certo... Essa pressão imensa televisionada, aguentar mais episódios com aquela Jane, que é um nojo, mas finge ser simpática e que tem falas péssimas, tudo isso está me deixando tensa — desabafo, deixando escorrer uma lágrima safada que tentei segurar.

— Charlotte, levanta, vem aqui comigo. — Ethan se levanta rapidamente da cama e estende a mão para mim. Tento levantar com calma e colocar os chinelos, mas ele acaba me puxando para perto de si pela cintura sem que eu consiga raciocinar algo antes. Muito perto, ele se abaixa um pouco para que nossos olhos tenham a mesma altura.

— Estou aqui — respondo.

Estar próxima dele, sentindo seu cheiro, sua respiração, é algo que não muda em mim. É como se fosse a primeira vez. É tão estranho que nossa relação tenha ganhado outros níveis, mas eu ainda sinto uma palpitação estranha, um calor incontrolável e uma vontade insana de pular nele quando estamos a sós e tão perto um do outro.

— Eu também estou aqui. E isso, isso que temos, não vai mudar. Não vai ter programa, pessoa, tempo ou país que mude o que somos. Não estou com você à toa, estou com você por tudo que somos, por tudo que sentimos, por tudo que já vivemos e pelo que queremos viver um com o outro. O que sinto não muda. Nem que eu quisesse, e eu não quero. Mas quero ver você feliz, porque, se tem algo que deixa meu dia melhor, é ver seu sorriso e, por mais que eu ame escutar muitos sons e entendê-los para transformá-los em música, um deles eu carrego no coração quando crio qualquer composição que fale de amor: o barulho da sua gargalhada. A sua felicidade é a minha. Entende isso?

Ethan leva minha mão até seu coração. Abro a mão e olho para aliança que uso no dedo, enquanto os compassos dele parecem ser os mesmos dos meus.

Somos música, somos sintonia, somos aquela melodia que gruda, que passeia por todas as notas e que não se encontra em um solo, porque fica infinitamente melhor em dupla.

Sem nenhuma música tocando, dançamos lentamente. Deito a cabeça em seu peito e ficamos um bom tempo abraçados até que o despertador dele avisa que é hora de ir para o ensaio. Eu poderia ficar grudada nele o dia inteiro, mas precisamos voltar às nossas funções, aquelas que pagam as contas desse romance.

Antes de nos afastarmos, ele se aproxima de meu ouvido. Como sempre, me arrepio inteira.

— Eu também teria escolhido o Gallow Green, porque foi ali que nos vi sendo felizes sempre e para sempre.

Capítulo 12

VESTIDA PARA CASAR

O segundo episódio – Nova York – janeiro de 2022...

Estou tão cansada que consegui dormir durante todo o voo. A dobradinha de participar de um programa em outro estado, pensar nas coisas do casamento e seguir trabalhando está me deixando destruída, e olha que sempre me achei uma pessoa com bastante disposição.

Tomei tanto relaxante muscular para todas as dores do meu corpo que fiquei anestesiada o voo inteiro e com tudo que Fiorela falava. Mesmo cedo, ela consegue narrar tudo ao seu redor. Sou só um ano mais velha que ela e pareço ter trinta anos a mais quando ela se empolga com algo que acontece.

Hoje definitivamente é o dia mais esperado do programa, pelo menos para mim, que fiquei muito feliz em saber que não pisaremos naquele estúdio. Passei a semana tentando trabalhar uma forma educada de conviver no mesmo espaço que a apresentadora, e esse tem sido o meu maior desafio nesse pré-casamento. Resolvi me agasalhar bem, e coloquei hoje o casaco mais grosso que tenho tão logo saímos do voo em Nova York, que lembra Arendelle, e há uma leve possibilidade de que neve mesmo hoje. Nunca vi neve na vida, então obviamente estou animadíssima com a possibilidade.

Mais uma vez me sinto sozinha ao perceber que, em um momento tão especial, queria ter ao meu lado minha mãe para me ajudar em cada escolha e para viver cada segundo desses comigo. Viver longe da família é sempre um misto de sensações; por um lado, de que tomamos a decisão certa; por outro, pelo amor de Deus, quero minha casa de volta. Sei que Fiorela está se esforçado para que tudo saia da melhor maneira possível e, mesmo sabendo que somos tão diferentes mesmo antes do programa, percebi que muitas vezes ela vive em um mundo à parte, onde tenta de todas as maneiras deletar tudo que não está sendo legal para viver somente o que é bom. Talvez ela esteja certa e eu errada de me apegar ao que gostaria que estivesse acontecendo ao invés de aceitar que há coisas que não podemos mudar.

Dessa vez, quem nos busca no aeroporto para nos levar até a loja Kleinfeld não é Billy — para tristeza de Fiorela, nem o que nos levou anteriormente —, é um outro rapaz que me lembra muito o Chris Rock, mas espero que não seja tão inapropriado e sem graça como o original.

Pegamos um voo mais tarde hoje, o que faz com que a gente pegue algum trânsito no longo trajeto até a rua 110 W 20th no bairro de Chelsea, onde fica a loja. O sonho de quase toda noiva que ama um bom programa sobre o tema é assistir ao *Apenas diga sim*, porque ele tem parceria com a loja e o estilista e consultor Andy, que é nada menos do que sensacional em captar a necessidade das noivas com o que ele tem na loja. Dificilmente alguém sai de lá sem o vestido, bom, há pessoas que tem mães tão insuportáveis ou elas mesmas não sabem o que querem que conseguem sair sem uma decisão. Mas esse não será o meu caso. Quero algo simples e bonito, nada que não me permita andar e dançar, coisas que para mim são fundamentais para estar, em ambiente aconchegante em um dia tão importante.

Noto que o motorista não é mesmo como o comediante — extremamente educado, nos pergunta sobre a temperatura, se queremos água e coisas triviais. Agradeço gentilmente enquanto Fiorela parece obcecada com uma música da Taylor Swift, e está com o fone no *repeat*, tão alto que já quase decorei a letra. Ela observa tudo, bate palmas de vez em quando e simula que tem um microfone em uma das mãos.

Estou concentrada em pensar como será meu dia hoje e no medo de me decepcionar com Andy. Sempre o achei tão simpático, será que é uma enganação assim como os apresentadores desse programa? Minha tia sempre disse que crio expectativas demais, mas não consigo não esperar o melhor das pessoas quando eu mesma faço de tudo para ser uma experiência bacana na vida delas.

Observo alguns trechos da cidade que em nada se parecem com a cidade que conheci anos atrás. A pandemia tristemente aumentou o número de pessoas em situação de rua, e li algo semana passada sobre o número crescente de pessoas em surto pelas ruas por terem perdido muitas coisas

Meu Crush de Nova York 3

85

nos quase dois anos com tudo fechado. É um cenário triste, desolador, diante de uma cidade que é um mix de cenários dos sonhos com locais que ficam longe das telonas. Assim como a realidade do aumento nos números de roedores, o que já era lugar comum em quem mora por aqui, triplicou pós-pandemia. Não é raro ver uma fila deles no metrô ou até mesmo passeando alinhados pelas ruas como se fossem uma grande família. Só de pensar já me arrepio inteira.

Chegando ao local, percebo que pouco passei por aqui mesmo. Sou meio perdida com mapas e localizações, então nunca digo que tenho certeza. Trouxe até um pequeno guia de bolso para poder me situar. O texto diz o seguinte:

"CHELSEA É UMA COMBINAÇÃO DE CASAS, PRÉDIOS BAIXOS DE APARTAMENTOS, ARRANHA-CÉUS LUXUOSOS E ATRAÇÕES BADALADAS COMO O HIGH LINE, UM PARQUE ELEVADO CONSTRUÍDO SOBRE ANTIGOS TRILHOS DE TREM. EM FÁBRICAS DESATIVADAS, ESTÃO INSTALADAS MAIS DE DUZENTAS GALERIAS DE ARTE, BEM COMO O CHELSEA MARKET, REPLETO DE SOFISTICADOS EMPÓRIOS, RESTAURANTES E LOJAS. EMBORA NÃO SEJA MAIS O REDUTO LGBT DE ANTIGAMENTE, O BAIRRO DE CHELSEA AINDA ABRIGA MUITOS BARES GAYS."

Acho tudo muito bonito, ainda que o vento esteja batendo forte na janela do carro e que, pela hora e frio, tenha poucas pessoas na rua. Encanto-me com cada quarteirão que parece unir a história do bairro e mesclar com locais reformados e mais modernos.

O motorista parece andar com o carro mais lentamente, e consigo visualizar a loja que vi tantas vezes em vídeos do YouTube, mas uma vez mais lamento que minha mãe não esteja comigo.

Fiorela tira os fones e parece ter avistado a mesma coisa que eu, devido aos pulinhos que dá no banco do carro.

— Ah, que máximo! Amiga, está emocionada? Olha isso! — ela praticamente berra dentro do carro, enquanto o motorista informa que podemos descer, que Jennifer entrará em contato com ele quando for para nos buscar.

— Estou sim. Nesse momento estou curiosa e ansiosa para entrar nessa loja — respondo para Fiorela e me direciono para o motorista: — Muito obrigada por ter nos trazido, pediremos à Jennifer para te ligar. Até logo. — O carro para e salto dele, sentindo o vento gelado que quase me faz querer voltar para o veículo.

Fecho todos os botões do meu casaco e me arrependo de não ter trazido um cachecol mais grossinho. Fiorela dessa vez também sente frio, ela se agarra em mim com os cabelos voando no rosto e mal conseguindo enxergar onde está pisando. Observo as vitrines e os nomes Jimmy Choo, Christian Louboutin e Manolo Blahnik estão na palmilha de todos os scarpins brancos ao lado de lindos vestidos de noiva.

Se a vitrine já chama atenção, o que dizer lá de dentro? Assim que empurramos a porta e vejo Jennifer, ela mal me nota e já começa a chamar minha atenção.

— Epa, podem voltar, mocinhas. A gente tem que gravar tudo que vocês fizeram. A parte daqui não é ao vivo, só a do palco, mas realmente preciso captar cada passo de vocês aqui dentro. Caso contrário, me despedem. Podem voltar para rua e aguardar darmos o sinal.

Nossa, não acredito que terei que ficar congelando ali fora, mas acho que não tenho outra opção.

Aparecem logo em seguida dois câmeras e mais duas pessoas da produção. Uma delas se apresenta como Maggie, é ela quem dá as direções do que devo fazer agora.

— Vem andando e conversando com ela que vamos filmar vocês se aproximando. Tem que fazer cara felicidade; de preferência, venha gargalhando. Finja que sua amiga contou algo engraçado, a narração vai entrar em *off* — ela manda, e claro que a gente obedece. Fiorela está amando ser dirigida. Começo a pensar que vou fazer tudo errado, até andar, só em pensar que estou sendo monitorada e o que faço será visto por milhões de pessoas.

Fazemos o mesmo trajeto rindo. Bom, eu rio, minha amiga gargalha e desfila como uma Angel da Victoria's Secret. Devo estar ridícula com meus passos largos para acabar logo com esse martírio que é estar morrendo de frio.

Quando paramos na entrada, rezo para todos os santos para que tenha dado certo. E, quando ela diz algo, fico com medo que seja que temos que repetir, pois é a segunda vez que estou no *hall* da loja sonhando em entrar e ver o que viemos fazer aqui: escolher meu vestido.

— Valeu. Vamos para cena da surpresa, no *hall* mesmo vai ficar perfeito. Avisa a ela o que precisamos, Jennifer, e a gente segue daqui. — A tal Maggie é tão agitada que deve ter nascido de sete meses. Peraí, ela falou cena da surpresa? Será que trouxeram minha mãe? Ethan não pode ser, ele tinha ensaio hoje e concerto na Flórida, muito longe para dar tempo, e ele não pode ver o vestido antes. Meu coração começa a bater muito forte e vou em direção à Jennifer.

Meu Crush de Nova York 3   87

— Surpresa? Quero saber o que é? — Não digo o que imagino para não me decepcionar demais, e depois não sei se estão filmando para mostrar o *making off* e morro de medo disso.

— Sim, vamos gravar agora e você precisa andar para esse outro *hall*, onde a surpresa já está te aguardando. Vamos gravar o primeiro contato de vocês. — Quando ela diz isso, tenho mais certeza de que é minha mãe, e sei que vou chorar quando ela aparecer.

Dou dois passos e Fiorela vem atrás. Jennifer faz com a mão para que eu pare.

— Deixa eu ir, estou muito nervosa — peço, quase implorando. Maggie aparece com um dos câmeras e faz um "ok", e sigo. Quando entro no *hall*, há poltronas vinho com dourado, e em uma delas está sentada uma senhora que parece estar sorrindo, mas está de máscara. Eu agradeço a Deus por estar com uma, porque acabei de torcer a boca, confusa com esse momento. O rosto dela me é familiar, e levo três segundos após o susto para entender que é Meryl, minha sogra, mãe de Ethan.

Ela se levanta e logo caminha em minha direção, me dando um abraço. Retribuo, ainda decepcionada por não ser minha mãe, e bem confusa por ser ela aqui comigo.

Nunca a vi, bom, fizemos algumas chamadas de telefone, já a vi em uns vídeos e em fotos que Ethan tem no celular, mas ele não me disse nada sobre ela vir até Nova York. Estou petrificada e sem conseguir formular nenhuma frase.

É ela quem puxa assunto, o que para mim é um alívio. Lembro que estão filmando e devo estar fazendo cara de decepção para o mundo achar que não gosto de minha sogra, o que não é verdade. Só queria minha mãe aqui, e então ela poderia ter vindo junto se quisesse. Ainda que tenhamos zero intimidade para escolher o vestido em sua companhia.

— Finalmente, eu e meu marido sempre queríamos visitar vocês, mas, por causa da pandemia, acabamos adiando várias vezes. Que benção saber que irão se casar como devem, estou muito feliz com isso.

Com essa frase, me recordo que os pais dele são muito religiosos. Esqueci totalmente se são protestantes ou batistas; Ethan não segue nenhuma religião, mas disse que sabia que a mãe dele criaria caso se ele se casasse em uma Igreja Católica, então ficou acordado que teríamos apenas um Juiz de Paz mesmo.

Tento assimilar tudo e dar a melhor resposta:

— Também estou feliz em finalmente lhe conhecer, e surpresa, porque não esperava que viesse no dia da escolha do vestido. Mas que bom que veio, será ótimo ter a sua companhia. — Ufa, acho que passei no teste de atriz, podem me contratar para a próxima temporada. Mentira, não quero mais brincar de casar, uma vez está de bom tamanho.

— Corta! Vamos entrar, ficou ótimo. Agora entrando na loja e sorrindo, seria perfeito se dessem o braço e a amiga se mantivesse do lado, todas sorrindo. Podem tirar a máscara agora? Quero ver sorrisos... — Maggie pede, e eu, que não tenho mais nenhuma força para reclamar, aceito. Fora que não quero passar a péssima impressão de que sou uma chata já na primeira vez que vejo minha sogra.

Fiorela caminha, apressando o passo ao meu lado e fala em meu ouvido:

— Essa da sogra não foi ideia minha. Fiquei sabendo agora. Deve ter sido combinado com seu noivo — ela se exime da culpa.

— Tudo bem — digo, em português, para a senhora Meryl não entender.

Não há como não sorrir quando entramos na loja. É um lugar tão lindo, tudo claro e combinando, há poucas pessoas no salão imenso que mistura manequins com diversos estilos de vestidos de noiva e assentos claros com dourado com lustres que lembram os de filmes de monarquia. Antes mesmo que eu possa dizer qualquer coisa, duas pessoas se aproximam, e meu coração quase sai pela boca quando vejo que um deles é Andy.

Se você não conhece esse homem, basta lhe informar que eu o aprecio muito, e não somente o estilo que ele tem e os vestidos que desenha, mas também amo muito suas falas.

Nunca vou esquecer frases do tipo: "não lido com acompanhantes, lido com noivas"; ou "é sua filha quem vai casar, você já casou, então precisamos lembrar que o foco é ela". Amo a forma educada que ele coloca as pessoas no lugar delas quando querem diminuir uma noiva. Na minha cabeça, repito mentalmente: "não me decepcione, Andy", até pararmos, ou melhor, até sermos obrigadas a parar pela Maggie.

— Olá, sejam bem-vindas. Eu sou o Andy, ela é a Morgan, quem é a noiva? —Parece estranho ele perguntar isso, o programa já foi ao ar uma vez e ele deveria ter assistido, ou será que esse roteiro faz parte?

— Sou eu, Charlotte, e é um prazer conhecê-lo — digo, deixando meu lado fã transparecer.

— Hoje aqui estaremos com a Morgan, que é nossa consultora e vai nos ajudar a escolher o seu vestido. Me diga quem vai lhe ajudar nessa escolha, Charlotte. — Ele espera que eu apresente.

— Olá, Morgan, prazer. Eu vim hoje com minha amiga Fiorela e com a minha sogra, Meryl.

— Ah, que ótimo. E elas sabem dos seus gostos, por isso você as trouxe, certo?

Eu poderia responder a verdade, que minha sogra mal sabe o que gosto de comer, o que dirá vestir, e que Fiorela é minha amiga há pouco tempo, mas cismou que é de infância e tem dias que a amo e outros momentos nem tanto, mas é claro que minto.

— Sim, elas vão me ajudar. Mas já sei o que quero para mim. — Solto o braço da minha sogra devagar, para não parecer uma pessoa rude, e vou caminhando até uma das araras, onde tem um manequim com pouco brilho, uma saia rodada sem exageros e uma manguinha comprida que me agrada muito. — Tipo esses — digo.

— Nossa, gosto assim, bem decidida. Me diga uns três ou quatro que a gente leva para você. Talvez eu precise fazer ajustes, porque os tamanhos que tenho na loja não são muito grandes, mas dá-se um jeito.

Poderia me ofender, mas não ligo que falem a verdade: eu sou gorda, minha barriga não dá em um vestido que marque muito e não gosto de mostrar os braços. Todas as celulites que tenho nele precisarão passar por Photoshop e não estou querendo dar trabalho ao fotógrafo.

— Tudo bem, mas acho que já sei o que quero, e gostaria de colocar somente esses dois. — Aponto para dois que achei lindos. Com a certeza um deles será o escolhido.

Jennifer então se aproxima.

— Charlotte, não pode decidir rápido assim, o programa precisa ter dois blocos de escolha, tem que vestir uns dois ou três e não querer, e por último o que gosta mais, para dizer sim. — Pronto, agora terei que atuar vestindo um monte de coisas que não tem a ver comigo...

— A sogra e a amiga podem se sentar aqui que vamos ajudar nossa noiva a se vestir e em breve voltaremos — Andy diz, e Morgan leva os vestidos e a acompanho até o provador com um dos câmeras me seguindo.

Quando me fecho lá dentro, ele pede:

— Quando acabar já abre que preciso filmar, por favor. — Faço que sim com a cabeça.

É difícil colocar vestidos de noiva, são grandes e há fechos que são impossíveis de se alcançar sozinha. Morgan é um amor, tem paciência e me espera gentilmente conseguir inserir o meu nada pequeno corpo em um pano que parece pronto para ceder comigo de recheio. Em nenhum momento ela faz eu me sentir mal. Quando trava a roupa em algum momento, ela sempre vem com frases sutis que não me colocam para baixo.

— Esse vestido não está tão lindo assim. Se não cabe em você, ele não sabe o que está perdendo. Vai ficar no varal eternamente, porque a Rainha aqui não quer mais ele. — E ela vai deixando de lado os pequenos, enquanto Andy traz mais peças. Alguns realmente não tem a ver comigo, mas, por respeitá-lo, quero ouvir o que ele tem a me dizer.

— Olha, Charlotte, por mais que eu ame brilhos e ache que você ficaria divina, entendo que quer algo mais simples e sem arrastar cauda, certo? Quer movimentos? — ele pergunta.

— Sim, quero dançar muito com meu noivo. Amamos dançar, e não faço muito esse estilo princesa.

— Tudo bem, mas a gente pode ver e mostrar a elas como você fica? Para dar aquela emoção? Eu amo Sareh Nouri, mas aposto que seu estilo é mais a nova linha que chegou da Hayley Paige, que ela diz que é para todos os corpos, e é mesmo. Não há noiva que fique ruim com esses vestidos — ele diz, com tanta confiança, que está me convencendo. Então Morgan me veste toda com o vestido da Nouri, que tem um decote muito profundo e uma cauda sereia que não gosto. Nada nele combina muito comigo, mas me fazem ir até o meio do salão com ele e mostrar às pessoas algo que não curti.

Tenho dificuldade de dar passos com ele, e estou com medo de cair no meio da loja sendo filmada, mas, com sorte, chego até o local onde Fiorela e minha sogra estão sentadas. Minha amiga torce o nariz, pelo menos sentimos o mesmo. Já minha sogra abre um imenso sorriso.

— Como se sente com ele, Charlotte? — Andy pergunta, e não posso colocar a culpa no vestido de não ser ele o meu ideal, ou que se adeque ao que quero usar no corpo. Então mais uma vez tento ser o mais política possível.

— Ele é lindo, bem trabalhado, mas não é o meu vestido, não me vejo casando com ele — confirmo, segura disso.

— E a senhora, o que acha? — Acho que faz parte do script ele ter que perguntar, mesmo eu odiando tudo.

— Ela é linda, está linda. Mas, se não se sente bem, precisa encontrar algo que ame. Os olhos têm que brilhar. — Meu Deus, que fofa! Para ter criado aquele homem maravilhoso, só podia ser uma mulher dessas mesmo. Já a amo e a quero para a minha vida, ainda que tenha consciência de que terei isso, querendo ou não.

Volto para o provador e finalmente me deixam experimentar um que tem mais a minha cara. Mas, quando coloco em mim, fico em dúvida se de fato ele é o vestido que quero. Parece que tem muitas saias, no manequim parecia menos rodado. Queria fazer uma vídeochamada para minha mãe, mas só o que tenho tempo de fazer é de novo seguir com o teatro de mostrar o que não gostei para todos darem suas opiniões.

Dessa vez, Fiorela fala:

— Acho que esse não favoreceu muito minha amiga. Ela é linda, sabemos disso, mas há vestidos que a deixam mais linda e esse não a valorizou.

— Agradeço a Deus pela fala dela, porque foi exatamente o que achei.

O terceiro vestido tem uma saia de tafetá, parecendo ter uma organza em cima, um corpete bem acinturado e os braços cobertos muito pouco, menos do que eu gostaria. Mas o brilho delicado e leveza ao segurá-lo vão me ganhando.

É o que coloco mais rápido. Morgan sorri como se já entendesse o que quero dizer, e me acompanha rapidamente até o palquinho em frente às duas, onde Jennifer, calada, não emite opinião e somente me avisa que após a escolha preciso gravar uns takes conversando sobre esse momento.

Ando com leveza, pois nada me abala nesse momento. Meu colo está coberto na medida do que preciso e desejo, os brilhos parecem exatamente o que eu queria, a saia é leve, o corpete se adequa ao meu corpo sem me apertar para que pareça ter quilos a menos. Coisa que me recuso a fazer.

Então, de frente para as duas, vejo Fiorela se emocionar e mostrar que ligou para minha mãe e que ela está ali no celular dela me vendo. Minha mãe balança a cabeça positivamente e chora junto comigo. Minha sogra bate palminhas, e me olho no espelho, agora de costas para elas. Andy chega perto, me pedindo para virar com delicadeza e ficar de frente para as câmeras e para elas. Com as quatro emocionadas, me vendo com esse vestido, só espero pela pergunta crucial do programa.

— Charlotte, como se sente? — Andy pergunta, sorrindo.

— É esse, sinto que é esse. Me sinto ótima — respondo.

— Então esse é o vestido ideal? Você vai dizer sim ao vestido? — questiona, bem alto.

Em coro, eu, minha mãe, minha sogra, Fiorela e até Morgan dizemos:

— Sim, esse é meu vestido ideal.

E o que ouço depois são palmas de todos os funcionários da loja e outras noivas e acompanhantes que estavam ali pelo mesmo motivo.

CAPÍTULO 13

O MELHOR DE MIM

Houston – três dias depois...

Estou nervosa, mas isso tem sido uma constante desde que começamos a programar o casamento, ainda mais com o programa e seu cronograma, que precisa ser respeitado. Agora entendo por que chamam algumas noivas de Noivazilla. Eu poderia devorar pessoas e, claro, todos os doces que visse pela frente em poucos minutos. Mas, graças aos imprevistos dessa coisa insana que chamamos de vida, estou aqui segurando esse treco de plástico após ter enfiado um cotonete mais uma vez no nariz, e agradecendo que agora pelo menos o teste é feito em casa e entregue pela farmácia. O que facilitou muito essa vida de "será que é gripe, rinite ou Covid?", afinal, não foi exatamente nisso que se transformaram nossos dias?

Fiorela ligou cedo. Ela chorava muito e achei que tivesse acontecido algo gravíssimo e me culpei por não a ter convidado para ficar aqui em casa enquanto Ethan está viajando com a turnê. Mas logo percebi que o motivo do choro era a decepção por ter se contaminado, e a febre e a dor de garganta que apresentara nos últimos dias ser um Covid testado e confirmado. Queria lembrá-la de todas as vezes que tive que pedir para colocar a máscara e parar de esfregar as mãos no rosto sem tê-las higienizado, mas seria a amiga mala que só aponta o dedo, então optei por ficar calada.

Com o teste positivo, vem o desespero de pensar que ela não estará comigo no próximo programa do *Apenas diga sim*, logo no que terei que escolher comidas da festa, enquanto Ethan é entrevistado no palco sem a minha presença. Não entendo ficarem separando a gente toda hora.

Tudo bem para o vestido, porque todo mundo acredita que dá azar... Eu não ligo para isso, o que dá azar é não ver o noivo na hora do casamento, aí a pessoa tem azar mesmo.

Minha amiga chorou tanto que queria abraçá-la. Entendo como ela ama esse programa e tudo isso que estamos vivendo, mas nem isso eu posso fazer. Olho para o relógio e vejo que deu o tempo certo do meu exame ficar pronto. O treco apresenta apenas um risco vermelho, o que significa negativo. Mando mensagem para ela, ainda com pena por saber que a minha alegria não é a mesma que a sua.

> Fio, testei e deu negativo. Se precisar de alguma coisa, me chama. O que puder fazer mesmo de longe... beijão.

Ela visualiza e responde em áudio:

— *Ai, gata, tô morrendo, que doença chatinha dos infernos. Vou dormir um pouco, o médico já me atendeu pelo telefone e só me resta descansar e rezar para curar logo e poder ir ao quarto programa contigo. Nos falamos mais tarde. Beijos.*

Mando uma figurinha cheia de coração em resposta, e ela curte.

Descarto o teste e ouço minha barriga roncar. Não há absolutamente nada na minha geladeira para fazer, passei o dia comendo absolutamente tudo que havia nessa casa. Devorei até o que digo a Ethan que não gosto. Deve ser ansiedade com a aproximação do casamento.

Penso em tomar um banho, mas o frio não permite — o frio e a preguiça. Caminho até o quarto e minha cama está extremamente convidativa. Não resisto.

Pedi folga hoje. Não sei como tive coragem, pois preciso apresentar um cronograma completo para diretoria em dois meses e, geralmente, costumo estar surtada quando isso acontece, mas nada pode ser mais desesperador do que casar, ou melhor, casar com todo mundo sabendo que você vai casar por causa de um programa de televisão.

Sabia que era muito visto, mas não imaginava o alcance. Os vizinhos, que mal falavam comigo, agora abaixam a máscara para me mostrar um sorriso, os que nunca usaram máscara vem até me cumprimentar, recebi curtidas em fotos de meses atrás de pessoas que não vejo há anos, e que tiveram a cara de pau de compartilhar postagens comigo no perfil do programa e comentarem "ela merece muito"! Meu Deus, essas pessoas não sabem nem quando é meu aniversário, e agora sou a BFF de todas elas.

A fama é um negócio doido que nunca imaginei ter. Claramente não faço o sucesso de Ethan, que virou praticamente o Brad Pitt do violino — vários sites publicaram fotos dele —, e jamais as teria visto se não fosse a Fiorela praticamente fazendo um clipping no meu WhatsApp de tudo que sai com nossos nomes.

Minha barriga ronca de novo. Fiquei de esperar Ethan para comermos juntos e nem sei que horas são, então me jogo na cama e me enfio toda no edredom quentinho. Não sei quanto tempo exatamente durmo, mas acordo com um beijo. Meu sono nunca é pesado desse jeito, mas o cansaço falou mais alto. Viajar todo final de semana, voltar para trabalhar e cuidar da casa não está sendo uma tarefa muito tranquila. Estou morta *feat.* enterrada.

Abro os olhos e não poderia ter visão melhor. Ethan me dá aquele sorriso perfeito que me encanta desde a primeira vez, e que fiz de tudo para fingir que não estava mexida com esse homem lindo. Mas não vou repetir o que todo mundo já sabe. Ele está ajoelhado no chão e me encarando. Retribuo o sorriso e o abraço.

— Alguém estava com saudades?

— E você tinha alguma dúvida disso? — pergunto.

— Nenhuma. Não via a hora de chegar em casa e ter esse momento. Amo meu violino, mas não posso negar que nada supera tocar cada pedaço de você e sentir esse seu cheiro. — Ele funga meu pescoço, e me sento na cama, abro as pernas e ele se encaixa, ainda ajoelhado.

— Amo as suas analogias. — Passo a mão em seu cabelo, colocando alguns fios para trás da orelha, que cismam em cair e cobrir parte de seu rosto. Depois de cinco dias longe, quero admirar cada detalhe.

— Sei que nos falamos sempre, mas agora aqui, frente a frente, me conta como foi lá?

Ele pede, e sinto que acha que não contei tudo. Ethan me conhece, sabe que quando não conto as coisas com detalhe é porque me aborreci mais do que curti. Mas, dessa vez, nunca poderia dizer que me decepcionei por ser a mãe dele e não a minha no programa. Como dizer isso ao meu futuro marido? Como explicar que a mãe dele é incrível, mas que não era ela quem eu queria ter do meu lado. Por mais que entenda que a culpa não é de ninguém por minha mãe estar longe, eu sabia, quando vim para cá, que a veria menos. Sei também que é difícil no trabalho dela pedir alguma liberação. E não quero que ele pense que não gostei de conhecer sua mãe, mas, no fundo, acho que aquele não era o momento adequado.

— Sabe como está sendo para mim... esse monte de surpresas acaba me assustando, e também me irritando, porque gosto de decidir as coisas, e tudo no programa são as pessoas que decidem por mim. Isso cansa, mas vamos falar da gente. Estou muito feliz de ter você aqui em casa, estava muito triste sozinha — disfarço.

— Amor, eu entendo, mas o lugar você escolheu, o vestido também. E até mesmo participar do programa foi uma escolha nossa, seja pelo motivo que for. Não estou te achando feliz e, se soubesse que ficaria assim, jamais teria aceitado. Minha mãe disse que você estava triste, até ela percebeu.

Nossa, sério que ela disse isso para ele? Me esforcei muito para fingir que não estava triste com não ter minha mãe comigo, mas ela não sabe, tenho que dar um desconto.

— Foi saudades da minha mãe, você sabe. Vamos falar de coisas boas? O vestido é maravilhoso, pelo menos isso eu escolhi. Pena que você só verá no dia — faço um suspense.

— Ok, isso é bizarro. Milhões de pessoas já viram, menos eu, que vou casar contigo, mas entendo a tradição e sigo me segurando para não ver o programa no YouTube. — Ele sorri e me dá um beijo rápido.

Entrelaço as pernas nele, que me puxa para perto. Nós nos beijamos durante um bom tempo. Amo sentir a barba dele roçando no meu rosto e as pequenas mordidas que dá em meus lábios. De repente, ele para.

— Minha mãe adorou você.

Que bom, porque até agora ela só tinha me achado triste.

— Eu também gostei dela. Posso perguntar uma coisa? Bom, de quem foi a ideia de convidá-la para escolher o vestido comigo? — Preciso manter o que penso só na cabeça e não sair atirando. Alguém segura minha língua?

— Sabia que tinha algo. — Ele vai um pouquinho para trás, desencostando o corpo do meu, mas ainda de joelhos.

— Ethan, eu só queria saber por que as pessoas escondem tudo de mim. Só isso — desabafo.

— Porque é um programa, e essa é a dinâmica dele. Eles queriam colocar sua mãe, mas a minha mora aqui e a sua não, então a produção disse que seria um ótimo momento para vocês se conhecerem, e achei que seria algo legal. Minha mãe sempre quis vir aqui. Estamos juntos esse tempo todo e meus pais não te conhecem. Meu pai ainda não te viu pessoalmente e provavelmente te verá só em fevereiro. Foi isso, mas foi algo ruim?

Vejo Ethan confuso, como se tivesse feito algo errado, e ele não errou em nada. Como sou tonta, por que fui falar isso?

— Esquece, por favor. Estou nervosa. Ansiosa. É muita coisa na minha cabeça. O trabalho não está pegando leve, a Fiorela, que era a mais animada com tudo, agora está doente e não vai me acompanhar no próximo sábado, porque estaremos juntos em Nova York, mas você estará gravando a sua parte e eu escolhendo comidas. Aliás, parece que é você que escolherá as músicas, o que acho certíssimo, mas queria estar contigo. A impressão que tenho é de que nunca estamos juntos. Sei lá, estou feliz com nossas famílias poderem estar com a gente no grande dia, mas o preço a se pagar é bem alto. Jane é insuportável, Jennifer é uma *trainee* dela até nas frescuras e tenho medo de me mandarem decorar uma fala quando for dizer sim para você. É só tudo isso — falo, tensa.

Ethan se levanta, senta na cama ao meu lado e segura minhas duas mãos. Conheço esse olhar e todo o poder que tem de me acalmar.

— Eu pensava... espera, vou conseguir falar o que quero. Bom, eu pensava que importaria o que ia dizer e onde ia dizer. Mas depois percebi que a única coisa que importa é que você me faz mais feliz do que eu achava que seria possível. E se você me permitir, ah, Charlotte, pretendo passar o resto da minha vida, ou melhor, das nossas vidas, tentando fazê-la sentir da mesma forma. — Ethan me encara, e em mim há um borboletário inteiro dando revoadas em minha barriga. Ou poderia dizer que há uma Arendelle em minha barriga, muito mais congelante do que qualquer friozinho. Nunca achei que, após todo esse tempo de convívio, ainda surtisse esse efeito devastador por cada parte do meu corpo.

— Chandler para Mônica, quando ele a pede em casamento no apartamento dela, uma das cenas mais lindas de *Friends*. Acho que assisti pelo menos umas vinte vezes — respondo, confiante.

— Odeio brincar disso contigo, você sempre me ganha. Mas, cada palavra que decorei, poderia ter sido eu escrevendo — ele diz. Seguimos de mãos dadas, e faço carinho com os dedos nos dele, que sempre tem alguns calos por causa do violino.

— Eu amo. Amo ganhar de você e amo te ver decorando filmes e séries que são minhas favoritas. Talvez se decorar *Star Trek* eu erre, nunca fui fã. E *Game of Thrones* não assisti todo. Pronto, dei dicas preciosas para ganhar de mim em uma próxima vez. — Mal termino de falar e minha barriga ronca tão alto que ele escuta.

— Pizza? — pergunta. É incrível ter um cara que finge que não escuta sua barriga roncando, suas flatulências e arrotos, e sempre entende do que você precisa em cada momento.

— Por favor, a maior que tiver. — Jogo-me na cama, caindo sobre o travesseiro. Ethan se escora em cima de mim e me dá um beijo.

— Seu desejo é uma ordem. — Ele se levanta da cama e pega o celular, mexendo no aplicativo de entrega.

Deitada na cama, ainda com preguiça, me pego pensando em tudo que vivemos até aqui, e tudo que o programa está fazendo que a gente recorde. Por um lado, é gostoso dividir com o mundo que ainda há pessoas que valem a pena, quando um monte delas está desacreditada, como fui um dia. O amor é um sentimento potente, na reciprocidade dele encontramos conforto. Mas, se falta isso, se as intensidades são diferentes, precisamos saber quando partir. Com Ethan foi o contrário — com ele, percebi que nosso amor me fez ficar.

Capítulo 19

ÍNTIMO E PESSOAL

Nova York – o terceiro programa...

Quando a produtora avisou que no terceiro programa viríamos juntos para Nova York, comemorei muito. Mas é claro que nada saiu conforme planejamos. No avião para cá, nos separaram; eu fui na terceira fileira e Ethan, na última. Fiz de tudo para mudar, mas tinha *overbook* e era esse voo ou um à tarde, então me dei por vencida. Pelo menos foi tranquilo.

Tentei ver o lado bom de termos a noite a nosso favor, totalmente livres após a gravação do programa. Ficaríamos no mesmo hotel, o programa dele tinha previsão de ir até o início da tarde e o meu aconteceria em duas locações, uma pela manhã e uma à tarde, o que nos daria muitas horas ainda em Nova York para curtir muito da cidade e reviver alguns momentos tão especiais para nós dois, que a pandemia fez parecerem ainda mais distantes.

Bom, nada disso exatamente aconteceu. Os assentos separados foram apenas o início. Ethan recebeu uma ligação importante, que, lógico, comemorei junto com ele, mas o colocou em uma reunião, e nosso almoço, que seria junto, precisou ser cancelado. Graças ao programa e ao talento de Ethan, claro, o Stjepan Hauser viu, no último episódio, como meu noivo é fã dele e o chamou para participar da turnê em duas músicas. O grande detalhe é que seria na Europa, passando em cinco países. Amei saber disso, mas lá se foi meu almoço. Acabei comendo no McDonald's da esquina e saí correndo para provar mais comidinhas. Conheci o lugar em que nos casaremos, e é perfeito, lindo, maravilhoso, e não poderia ter acertado mais. O Gallow Green é tudo e mais um pouco, e o menu que escolhi deles foi o Dinner Menu.

Dessa vez não aguentei e tirei fotos do cardápio para mostrar tudinho para o Ethan, enviando pelo celular.

GALLOW GREEN

RAW BAR

OYSTERS — 25
half dozen beausoleil & classic mignonette

YELLOWFIN TUNA CRUDO — 20
avocado, lemon zest, sesame & fresh cilantro

SHRIMP COCKTAIL — 25

STARTERS & BAR SNACKS

FRIED CALAMARI — 20
marinara & tartar sauces

CHEESE CURDS — 15
crispy ellsworth cheddar with green & piquillo tomato sauces

GALLOW GREEN CRUDITÉS — 26
heirloom market vegetables with green goddess dressing & tapenade

FRENCH FRIES (v) — 10
extra crispy with aleppo pepper

OLIVES (v) — 11
selection of european olives

TACO BAR — 17
all tacos served as three house-pressed white masa corn tortillas with traditional sides

GUACAMOLE — 12

CHICKEN TINGA
chicken braised in adobo spices

SHRIMP
gulf of mexico shrimp with black beans

STEAK
grilled marinated skirt steak

CARNITAS
slow-cooked pork with roasted pineapple

NOPALES
grilled prickly pear cactus with refried beans

MEXICAN STREET CORN — 16
guajillo mayo & cotilla cheese

SALADS

CAESAR SALAD — 18
little gem lettuce, radish, & croutons

FALL SALAD — 15
arugula, beets, endives, radicchio, mint, heirloom carrots, mint, agrumato lemon olive oil

NA'AMA'S FATTOUSH — 21
chickpea, tomato, cucumber, snow pea, scallion, mint, sumac & aleppo pepper with greek yogurt & crispy naan

ADD GRILLED CHICKEN OR SHRIMP TO ANY SALAD — 13

ENTRÉES

GRILLED SALMON — 29
organic scottish salmon, bibb lettuce, sweet red peppers, cucumber, & watermelon radish with cava rosé dressing

McKITTRICK BURGER — 24
hanger & brisket blend, bacon marmalade, organic american cheese & pickle on a potato roll with french fries

MOUSSAKA (v) — 18
eggplant, carrot, tomato, soy milk & oddly good vegan mozzarella cheese

CHICKEN PAILLARD — 24
grilled chicken breast, arugula, frisée salad & roasted tomato with lemon dressing

STEAK AU POIVRE — 35
debragga flat iron steak with pink peppercorn sauce & french fries

ROOFTOP BRUNCH AT GALLOW GREEN
FAMOUS BRUNCH BUFFET • LIVE MUSIC • LUSH GARDEN • EVERY SATURDAY AND SUNDAY

consuming raw or undercooked meats, poultry, seafood, shellfish or eggs may increase your chance of foodborne illness, especially if you have certain medical conditions
Executive Chef Pascal Le Seac'h

Meu Crush de Nova York 3

GALLOW GREEN

SHAKEN 18

SLEEP NO MORE
vodka, elderflower, butterfly pea flower, citrus, cider

GALLOW GREEN
bourbon, graham cracker, ginger, citrus, blue curaçao

WORLD'S FAIR
mezcal, green tea, yuzu, cucumber

NORTHERN LIGHTS
tequila, pomegranate, citrus, soda

STAYCATION
rum, cacao, ginger, coconut, lime

ALPINE 75
gin, chartreuse, rosato, citrus, sparkling rosé

WEST SIDE BEEKEEPER
mezcal, strawberry, honey, citrus, fire tincture

STIRRED 18

OLD McKITTRICK
mezcal, overproof rum, cachaca, sherry

MANDERLEY
absinthe, lillet blanc, velvet falernum

J.G. CONWELL
rye, amaro, ancho chilé, mango

PALM READER
passionfruit, sherry, aperitivo, sparkling wine

DRAFT BEER 9

FIVE BOROUGHS
pilsner - NY 5%

ALLAGASH
white - DE - 5.2%

KCBC
IPA - BK - 6.2%

MONTAUK
seasonal - NY - 6%

BELLHAVEN BLACK
nitro stout - SCT - 4.2%

CATSKILLS
"Freak Tractor" sour farmhouse ale - NY - 6%

CANS/BOTTLES

KCBC
NY - varies   11

WOLFFER'S
rosé cider - NY - 6.2%   11

JUNESHINE
hard kombucha - CA -6%   8

FROZÉ 18
frozen rosé, vodka, lillet blanc, aperitivo

WHITE

OYSTER KING   15/60
melon de bourgogne, FR

BRÜNDLMAYER   15/60
grüner veltliner, AU

**MÂCON-VILLAGES
"LA CROCHETTE"**   16/65
chardonnay, FR

ROSÉ

MAS DE CADENET   15/60
côtes du provence, FR

RED

BARON DE ST. ONGE   17/68
cabernet sauvignon/merlot, FR

HAMACHER   15/60
pinot noir, OR

SPARKLING

MIONETTO   15/60
prosecco, IT

LAURENT PERRIER BRUT   375ml 50
champagne, FR

**TAITTINGER BRUT
CUVEÉ PRESTIGE**   120
champagne, FR

MOCKTAILS 7

DRY NORTHERN
pomegranate, citrus, soda

DEW DROP
ginger, grapefruit juice, rose lemonade

NON ALCOHOLIC

SOFT DRINKS   4
coca-cola, diet cola, sprite, ginger ale, ginger beer, tonic

JUICE   6
orange, grapefruit, cranberry

SLEEP NO MORE

A LEGENDARY HOTEL • SHAKESPEARE'S FALLEN HERO • A FILM NOIR SHADOW OF SUSPENSE
NOW BOOKING • McKITTRICKHOTEL.COM

> Achei tudo maravilhoso. Não vejo a hora de provar um pouco de cada coisa. Aliás, não vejo a hora de termos esse momento e, a sós, nos servirmos de sobremesa.

RAFFA FUSTAGNO

Ethan sempre envia mensagens de duplo sentido, o que me faz sentir ainda mais falta dele. Claro que o tempo sempre juntos fez com que eu me acostumasse a tê-lo por perto. Com as viagens e o programa, temos nos visto bem menos.

Se fosse uma degustação normal, sem ter sido gravada, teríamos ido juntos, mas o *Apenas diga sim* separa um horário bem cedo para a noiva filmar dentro do local onde será o casamento e dizer quais comidas teremos. Sem a cozinha aberta, não provei nada, só imaginei o que seria.

Espero que pelo menos nossa noite esteja garantida. Estando liberada e aguardando no hotel, mando mais uma mensagem enquanto tiro um pouco a bota que estou usando.

> Amor, estou no hotel. Comi no Mc mesmo.
> E aí, já está acabando? Quero curtir um
> pouco a cidade contigo.

Ethan demora um pouco para ver. Aproveito para me jogar na imensa cama fofa de lençóis branquíssimos. Estou me sentindo cliente VIP desse hotel; deixaram vários chocolatinhos em cima da cama. Separo alguns para Ethan, mas, conforme o tempo vai passando, acabo comendo os que eram dele também.

Ligo a televisão, e nada de ele me responder. Coloco no canal do *Apenas diga sim* e Ethan aparece na imensa televisão que está na minha frente. Como pode ficar mais lindo ainda? Estranho ainda estar tendo o programa. Jane se senta grudada nele, e Mike faz algumas perguntas. O programa atrasou por algum motivo; pelo horário, o último bloco teria passado há mais de uma hora atrás.

— Ethan, para finalizar esse programa, eu não poderia deixar você ir embora sem tocar algo para nós — Jane diz, colocando a mão na perna dele, que está visivelmente incomodado.

Mike se aproxima, a câmera fecha em Ethan.

— Você escolheu as músicas de seu casamento e fez uma linda declaração para sua futura esposa, que as mocinhas da plateia até suspiraram, não é, meninas? — Todas respondem que sim, e vejo que na televisão esse coro fica ainda mais cafona. — Agora queremos ver você tocar uma linda música para todos nós e para sua noiva, que deve estar nos vendo, ou que nos verá depois pelo nosso canal no YouTube.

Meu Crush de Nova York 3

103

Ethan não esperava por isso, nem eu. Ele se levanta, meio sem graça. Ele ama tocar, é a sua vida, mas sei que odeia fazer isso sem ensaiar. E, pego de surpresa, ele não age com muito entusiasmo. Coloca as mãos nos bolsos, caminha até o centro do palco onde as luzes estão todas em cima dele, e um assistente lhe entrega o violino.

— Qual vai ser a música? — Jane pergunta, curiosa.

— Posso tocar e deixar que Charlotte e a plateia descubram qual é? — pede, para minha surpresa também.

Na mesma hora, Fiorela manda uma mensagem no nosso grupo do casamento, onde também estão Luíza e Juli.

> Meninas, todo mundo no Apenas diga sim. Ethan vai tocar ao vivo uma música para Charlotte!

Elas comemoram e mandam muitos corações. Fico nervosa também, parece que estou no palco com ele.

Sem a letra, somente com a melodia, Ethan começa a tocar e reconheço a música no mesmo instante.

> **Vivo per lei da quando sai**
> **La prima volta l'ho incontrata**
> **Non mi ricordo come ma**
> **Mi è entrata dentro e c'è restata**
> **Vivo per lei perché mi fa**
> **Vibrare forte l'anima**
> **Vivo per lei e non è un peso**

Uma das homenagens mais lindas que ele fez para mim. Eu me emociono muito e queria poder olhar para ele ali do palco agora. Mas tenho que me contentar em fazer isso de longe, na certeza de que pelo menos daqui a pouco ele estará aqui.

O programa acaba e mando mais uma mensagem para ele.

> Que coisa linda, amei cada trecho. Te amo, vem logo para cá para curtirmos a cidade que nos uniu.

Respondo as meninas no grupo:

> Foi lindo não foi?

Juli devolve na mesma hora:

> Agora vou querer Pierre em um programa
> francês cantando Edith Piaf para mim,
> não aceito menos que isso da vida, depois
> do noivado.

Amo a forma como ela me responde.

Ethan não responde, o que acho estranho, mas fico aguardando e vendo o mesmo canal. Acabo caindo no sono e acordando duas horas depois.

Abro os olhos e levo um susto ao ver que dormi tanto. Procuro Ethan pelo quarto e percebo que ele não chegou mesmo, meu sono não estava tão pesado assim. Busco o celular que deixei jogado na cama e ele mandou um áudio:

— Queria ter tocado olhando nos seus olhos. Mas logo estarei no hotel, te amo.

Trinta minutos depois, mandou outro áudio:

— Amor, a produção pediu para eu adiantar outras cenas porque, por causa da turnê, não estarei aqui no outro sábado. Acho que vai demorar. Me espera que daqui a pouco estarei aí, te amo.

Outro áudio quarenta minutos depois:

— Deu problema aqui no estúdio e a pessoa que montaria o cenário atrasou. Acho que no máximo em uma hora estarei no hotel. Me espera no quarto, de preferência nua. Te amo.

Ele ainda faz gracinhas, mesmo eu não tendo respondido nada.

Uma mensagem por escrito foi enviada por ele uns vinte minutos depois:

> Charlotte, amor, não fica brava comigo,
> eu não tenho culpa. Já estamos quase
> em fevereiro. Isso vai acabar e teremos
> nosso "felizes para sempre". Me responde.

Essa foi a última mensagem. O dia escureceu lá fora. Nosso voo é amanhã cedo e não vi nada de Nova York. Tomo coragem não sei de onde

— a Charlotte da primeira viagem morreu mesmo, porque, mesmo em um frio colossal, resolvo sair do hotel para bater perna, andar sem rumo. Ethan que lute para me encontrar.

Ok, não sou tão vida louca assim. Mando uma mensagem para ele:

> Fome. Fui comer algo sozinha mesmo. Pelo jeito você vai chegar amanhã.

Saio do hotel sem rumo mesmo. As calçadas estão molhadas, o frio é de bater o queixo, e começo a perceber que tive uma péssima ideia. O celular toca e está dentro do meu bolso. Não tenho nem coragem de tirar minhas mãos de dentro do casaco, esqueci as luvas no hotel.

Vejo poucas pessoas e as ruas não estão muito cheias. A maioria é de turistas mesmo e muitos casais tirando fotos. O que me faz ficar ainda mais triste por estar andando sozinha. Vou caminhando sem nenhum destino quando o cheiro e o quentinho de um *food truck* chamam minha atenção.

Leio *The Halal Guys* e tem umas quatro pessoas comendo pratos imensos com uma comida cujo cheiro não identifico, mas que parece ótima. Em um cavalete está escrito que tudo custa até 10 dólares, e é exatamente o que preciso e quero. Porque na pressa enfiei somente uma nota de vinte no bolso detrás da calça.

Fico de olho no prato da moça sentada com o namorado e tento explicar ao cara que me atende que quero igual ao dela.

— *Beef Gyro with Chicken?* — ele pergunta. Respondo que sim. Ele serve rapidamente, o bafo da comida vai todo na minha cara, mas, com o frio que está fazendo, nem reclamo.

Sento-me em um banco preto de plástico, em uma mesa próxima do casal de quem copiei a comida. Meu celular segue tocando, até que atendo.

— Charlotte, onde você está? — Ethan parece preocupado.

— Sexta avenida? Não sei, chama Halal alguma coisa, estou comendo. Daqui volto para o hotel. Quer dizer, se você não estiver ocupado sendo famoso no estúdio. Já chegou ao hotel? — pergunto, não conseguindo parar de comer. Acho que bateria uns dois pratos desse brincando. Vou precisar de uma nova prova do vestido de noiva.

— Charlotte, fica aí então que estou no carro a caminho. Ia para o hotel, mas então vou para aí. Me espera, eu dou um jeito e te acho — ele fala.

— Ok. — Não digo mais nada e desligo. Estou chateada, mas sei que ele não teve culpa. Mesmo assim, tudo que planejei não rolou e é mais uma vinda a Nova York com cheiro de decepção.

Muitas pessoas param e pedem a comida para viagem. Estou no final do prato e nada do Ethan. Preparo-me para levantar quando o celular treme. É uma mensagem dele, que mandou um arquivo pesadíssimo, e demoro para conseguir ver o que tem nele. É um vídeo, e ali naquela barulheira de carro passando e pedido sendo feito, preciso colocar o fone para entender o conteúdo do que me enviou.

Quando finalmente o vídeo carrega, tenho que voltar, porque acho que ouvi coisas demais, só posso estar sonhando. Na tela, aparece Céline Dion, ao lado do Ethan. E ela diz meu nome.

— Olá, Charlotte! Seu noivo disse que você ama minhas músicas e sei que gostaria muito de estar aqui hoje, mas teremos outras oportunidades. Como vão se casar, esse é meu presente para vocês. — Alguém parece segurar o celular para ela, que vai um pouco para trás, e Ethan segura um violão. Em um ritmo diferente do original, ela começa a cantar como em uma versão acústica.

For all those times you stood by me
Por todas as vezes que você ficou ao meu lado
For all the truth that you made me see
Por toda a verdade que me fez ver
For all the joy you brought to my life
Por toda a alegria que trouxe para a minha vida
For all the wrong that you made right
Por todos os erros que você corrigiu

Eu, que estava me preparando para levantar, sento novamente. As lágrimas escorrem e, muito emocionada, canto junto com ela, não acreditando que ele guardou isso de mim todo esse tempo. O concerto com ela foi semanas atrás.

Sinto uma mão em meu ombro. Olho e é Ethan, sentindo muito menos frio que eu, já que apenas usa uma camisa de manga comprida e um cachecol, enquanto estou parecendo que saí de casa enrolada em dez cobertores.

Paro o vídeo, tiro os fones e o abraço.

— Não acredito que fez isso por mim. E eu brigando com você o tempo todo e sempre reclamando de tudo. Como você me aguenta? —

Meu Crush de Nova York 3

107

Encosto a cabeça em seu peito, algo que sempre me permito fazer por causa da nossa diferença de altura.

Ethan me afasta um pouco e procura algo, me puxando pela mão e me levando até uma loja que está fechada. Os vidros escuros refletem nossas imagens.

— Quando olha para essa imagem, o que você enxerga? — ele me pergunta.

— Um casal prestes a se casar. Ele é um homem que parece ter pouco ou nenhum defeito; ela é uma mala importada do Brasil, que está sempre reclamando, mas que ama esse cara.

— Pois eu vejo a mulher linda e forte pela qual me apaixonei. A mulher com quem por quase dois anos fiquei trancado em um apartamento e segurou a barra da família inteira quando apertaram as coisas, e isso de longe dando forças a todos, mesmo quando ela estava frágil. Uma fortaleza, que não percebe quão importante é para tanta gente, e me incluo nisso. E com quem pretendo estar sempre. As pessoas não são perfeitas, eu não sou, você não é. E está tudo certo em não sermos seres lotados de qualidades. Você viu o filme *Íntimo e Pessoal* comigo na pandemia. A gente amou tanto que assistiu de novo. Lembra da frase que amamos? "Quando não estamos juntos"... — Ele espera que eu complete.

— "Nada funciona" — digo.

Ethan me dá um beijo na testa, depois no nariz e então na boca. Suas mãos estão geladas, mas seu toque sempre me esquenta por dentro.

Abraçados, e com ele olhando bem nos meus olhos, repete um trecho da música que Celine acabou de cantar.

— *You were my strength when I was weak, you were my voice when I couldn't speak...*[2]

Querendo literalmente congelar esse momento, eu o acompanho, e espero poder fazer isso pelo resto de nossas vidas:

— *You were my eyes when I couldn't see, you saw the best there was in me.*[3]

---

2   Você foi minha força quando estive fraco, foi minha voz quando não pude falar...

3   Você foi meus olhos quando não pude ver, você viu o melhor que existe em mim.

CAPÍTULO 15

SE BEBER, NÃO CASE

Nova York – quarto programa...

É estranho pensar que fazia pouco tempo que tinha começado minha jornada entre Houston e Nova York todo sábado para poder gravar o programa e que agora seria o último antes do casamento. É lugar-comum informar a vocês que estou nervosa e levemente ansiosa por isso. Mas devo informar que, em uma semana, muitas boas notícias vieram, fazendo com que eu nem lembrasse que acabei de pegar um voo que teve uma leve turbulência e nem precisei segurar na mão de Fiorela, porque estava muito calma.

Sim, minha amiga negativou e, dessa vez, não somente ela, mas Luíza estará comigo na parte do programa em que filmarão minha despedida de solteira. A produção queria contratar um verdadeiro Magic Mike, mas nunca curti muito isso. Para mim, só tinha graça na televisão, e eles se surpreenderam com meu pedido de que queria um karaokê, com todas de roupões iguais. Isso mesmo, pedi para transformar o quarto do hotel em uma despedida que tivesse a minha cara.

Nada que fosse muito caro, nada muito chamativo. Para desespero de Jennifer, que disse que Jane e Mike reclamariam, e isso foi mais um motivo para eu me manter firme na decisão. Os melhores momentos que passei em Nova York referentes ao casamento foram longe do palco do programa; Mike até é menos, mas Jane é um poço de arrogância e de prepotência. Pelo que soube, agora só teria que encontrar com ela se ela resolvesse aparecer no casamento, o que estou torcendo para que não aconteça e fique no palco do programa cobrindo tudo. Odeio fingir que gosto das pessoas sem gostar.

Uma vez, a gerente do meu trabalho disse em uma avaliação que meu maior defeito era que nunca queria agradar ninguém. Que não sabia ser puxa-saco, e que isso ainda me prejudicaria muito na carreira, e acho que ela tinha razão já naquela época.

O dia hoje se dividirá em uma última prova do vestido de noiva e preparativos para a limusine que passará no hotel. Passaremos por alguns locais bem legais de Nova York e terminaremos no quarto, comendo tudo que os nutricionistas não recomendam, e cantando como loucas.

A caminho da loja Kleinfeld, pela segunda vez, recebo uma ligação de minha mãe.

— Oi, filha, tudo bem? A produção comprou minha passagem e do Roger, mas a do seu pai vão mandar até o final do dia. Liguei para Juli para saber se ela queria ir conosco até o aeroporto, afinal moramos perto, mas ela disse que não sabe da passagem dela ainda. Ela me pareceu estranha, como se estivesse escondendo algo, dando umas desculpas. Ela não é assim, sabe se aconteceu algo?

Minha mãe sempre percebe quando alguém se contradiz, quando mente ou está preocupada com alguma coisa. Desde pequena que ela sabia se meus amigos estavam com algum problema em casa, e eu então, nunca consegui esconder nada que me afligisse.

— Mãe, não sei. Para ser sincera, a semana foi tão corrida que acho que não falei com ela. Fiorela está aqui comigo, talvez ela tenha falado.

Olho para Fiorela. Estamos dentro do carro indo para prova do vestido e ela está no maior papo com o motorista, o mesmo do primeiro dia, Billy. Aposto que em mais dez minutos ela o convence a ser seu acompanhante no casamento.

— Falei com ela sim, mas não posso dizer mais nada. Está bem e preparando uma surpresa — Fiorela fala desse jeito, como se agora eu não fosse morrer de curiosidade em saber qual surpresa Juli está preparando.

— Bom, mãe, como viu, as duas estão cheia de mistérios. Ela deve ter arrumado alguma carona ou o Pierre irá levá-la. E a sua roupa? Ficou pronta?

— Ficar, ficou. Mas vocês inventam de se casar em um época polar e ninguém verá meu vestido, porque o casaco grosso que terei que tacar por cima não permitirá — reclama.

Mas sei que, no fundo, tem razão,. Será impossível tirar o casaco no Gallow Green, que tem uma parte aberta. Também será um esforço colocar o vestido que escolhi, porque noivas não se casam de casaco e nunca vi vestido de noiva para frio abaixo de zero. A gente casa e já pega uma pneumonia de brinde.

— Queria muito que você estivesse aqui. Nossa, seria incrível fazer a última prova contigo. Mas tudo bem, preciso entender que é uma sorte imensa ter nossa história escolhida para o *Apenas diga sim* — reflito.

Parei de reclamar tanto, porque, se não pode vencer o inimigo, junte-se a ele. Preciso do programa, mas nem tudo até aqui foi fácil, porém agora, tão perto do final, começo a perceber que passar por isso foi um teste e tanto para provar o que já sabia: sou completamente louca pelo Ethan.

Desligo a chamada e chegamos na Kleinfield. Morgan nos recepciona pedindo desculpas.

— Olá, meninas. Sei que essa parte não será transmitida e preciso pedir desculpas, porque Andy não poderá vir e Hailey queria muito conhecê-la, mas teve um contratempo. Então seremos eu e a Beth te acompanhando, e preciso adiantar que o vestido está uma perfeição pura.

Sem câmeras me seguindo e somente com Fiorela, estou encantada com tudo que Morgan conta sobre famosos e sobre a história dos vestidos. Olho-me no espelho e, pela primeira vez em muito tempo, acho que estou linda. É incrível como a gente sempre se enxerga da pior forma possível. Só que o vestido na cintura dessa vez parece estar um pouco mais apertado que da última, o que sinceramente não me incomoda em nada. Para que esconder uma barriga que grita para todo mundo que ela existe?

Porém, mais uma vez, sou obrigada a ouvir da maneira mais "simpática" do mundo que a disfarçar ficaria muito melhor. E nem acho que as pessoas façam por mal, mas sim porque somos criados a somente achar a barriga chapada bonita. Se alguém com dobrinhas tira uma foto e posta, raramente recebe elogios, mas, se a pessoa não tiver nenhuma, chovem comentários, que, não percebem, ou não querem perceber, são gordofóbicos.

— Nós indicamos uma cinta que você encontra facilmente em várias lojas e que vai deixar o contorno do seu vestido bem mais bonito. Se quiser, claro.

Ouço isso de Morgan, que é aquele amor de pessoa e me atendeu superbem, mas que agora pisa feio na bola ao me dizer que minhas curvas avantajadas ficariam melhor naquele vestido se eu as escondesse. Colocar algo que mal faz com que a pessoa respire, mas que, pela "beleza", seria algo muito bom. Tento responder calmamente, mas Fiorela, que entende perfeitamente qual é o meu posicionamento em tentar se passar por algo que não somos, senta, como se me esperasse explodir.

Meu Crush de Nova York 3

111

— Eu realmente amei esse vestido. Amei mesmo. Mas também amo cada centímetro desse corpo. Sabe por quê? Porque ele é meu, porque é por ele que, anos atrás, Ethan viu e se apaixonou, é com esse mesmo corpo que ele dorme quase toda noite há quase dois anos. E não o mantenho por causa dele, mas porque me sinto bem assim. Não estaria com ele se me pedisse para usar uma cinta e pressionar minhas dobras para entrar em negação que elas existem. Sei que você está tentando me deixar o mais confortável possível, mas, de verdade, o vestido é que tem que se adaptar a mim, e não eu e a ele. Se quiser colocar mais pano, coloque. Um extensor nas costas? Perfeito. Mas não me peça para usar algo que vai fingir que sou algo que não sou.

Morgan arregala os olhos e se volta para Fiorela, depois para mim. Começo a achar que fui dura, mas, no fundo, estou cansada de as pessoas tentarem disfarçar meu peso achando que assim me sentiria melhor. São bermudas modeladoras, cintas, sutiãs que mal me deixam respirar… basta! Não vou mais fingir que não sou gorda. Sou grande, sou XGG se preferir, mas não me peça para mentir para o mundo que sou um M quando não sou.

— Entendo perfeitamente. Acaba que seguimos um padrão e que nem todo mundo é obrigada a se sentir da mesma maneira. Somos únicas, e você está certíssima. A maioria de nós tem dobras na barriga quando sentamos. Os corpos têm celulites e os peitos não são tão duros como a sociedade nos faz acreditar que é bonito. Por trabalhar com noivas, acabo me apegando a uma realidade que é a da minoria e a maioria precisa se adaptar, mas a verdade disso tudo é que não precisa não. — Ela então se aproxima de mim e me dá um abraço demorado, que retribuo.

Morgan é um amor, mas trabalha o dia inteiro vendendo vestidos que são desenhados e mostrados nas lojas em manequins que não condizem com boa parte das mulheres, o que faz com que repita o comportamento de somente acreditar que há beleza no magro.

Meu casamento nem aconteceu ainda e estou aqui nessa manhã congelante, dentro de um provador, abraçada com a Morgan e chorando. Sou muito emocionada. Fiorela assiste de longe e faz um coração com as mãos.

Hoje está sendo o típico dia que precisei fazer minha amiga de assistente; do contrário, não poderia provar o vestido. Tenho recebido diversas chamadas de pessoas que, sabe-se Deus como, descobriram meu telefone e me ligam pelos motivos mais variados possíveis. Umas querem me desejar felicidades. Ainda que pareça bem invasivo, são as que menos me preocupam.

Tenho recebido mensagens de pessoas dizendo que querem participar do casamento, porque alguém disse que a Celine Dion cantará na festa. Acho que não entenderam que meu noivo fez uma turnê com ela apenas, e que o máximo que vou conseguir dela cantando para a gente foi aquela palhinha no vídeo do celular. Por sinal, belíssimo, salvei até na nuvem para não perder nunca uma preciosidade dessas.

Fora isso, é bem desesperador saber que há um único dia onde tudo precisa dar certo, o que ataca minhas constantes crises de ansiedade. E não sei como o universo lida com isso, mas euzinha lido muito mal quando escolho literalmente a dedo convidados para meu casamento, com direito à passagem aérea e hotel pagos pela produção, e a pessoa diz que "vai ver", como se eu tivesse chamado para comer uma pizza no final de semana.

Não, não acho que as pessoas devam largar tudo que fazem para ir ao meu casamento, mas brasileiro é muito ruim de dar retorno. Sempre esquecem, sempre "iam mandar", enquanto isso as semanas passam e falta apenas uma semana para o grande dia. Meu Deus, já falei isso várias vezes, mas vou surtar real.

No meu mundo de contos de fadas, de histórias da Disney, passei a vida acreditando, até meus pais se separarem, que o casamento era o dia de a princesa dizer sim ao príncipe. Ela, sempre linda e impecável, e os dois dançando a noite toda vivendo um felizes para sempre. Aí acordei para uma realidade onde para chegar a tudo isso muita água passa debaixo da ponte. São decisões em conjunto e algumas sozinhas; no nosso caso, a vinda de parentes e amigos que são parte importante da família que agora construiremos.

Paro de olhar as notificações. O celular está com a Fiorela e somente o pegarei quando voltarmos ao hotel, que é daqui a pouco. Morgan tem uma facilidade imensa de me aprontar; ela tira algumas fotos e me libera. Precisará de ajustes, mas nada que não consigam fazer em, no máximo, quatro dias.

Tudo pronto para irmos para o hotel dar uma boa descansada, mas perco Fiorela de vista e, junto com ela, meu celular, que preciso para mandar mensagem para Ethan. Esse final de semana, eles farão concertos em Seattle, uma das cidades que mais tenho vontade de conhecer por aqui. Acho que é porque meu pai sempre ouviu muito Nirvana, que é de lá, e sempre tive curiosidade de conhecer o local. A gente sempre pega um pouco — ou muito — dos gostos musicais que escutamos em casa uma vida inteira.

Meu Crush de Nova York 3

Morgan me avisa que o vestido será entregue no hotel no dia do casamento, me explica outros detalhes e fico muito tranquila em ouvir cada uma das orientações, porque ela tem aquele ar didático que é uma delícia de escutar.

Sigo procurando por Fiorela em vão e, quando finalmente vou até a recepção da loja, a atendente me avisa que minha amiga saiu. Não entendo absolutamente nada, agradeço a Morgan e encaro a friaca nova-iorquina, onde a vejo agachada do lado de fora do carro, conversando com Billy, que está sentado ao volante. Ele de máscara, ela sem; pelo que percebo, se ele estivesse sem, talvez já tivessem se pegado ali mesmo.

Chego perto e ela nem repara na minha presença.

— Fio, você me deixou lá dentro! Eu preocupada e você aqui?

Billy abre mais a janela e começa a se desculpar, querendo tirar das costas uma culpa que é toda dela.

— A culpa foi minha, disse que não poderia parar muito tempo aqui, então ela veio falar comigo. Peço desculpas. Se não estiver tudo pronto, posso dar mais voltas… — Nem espero que ele termine, mas começo a achar que até o dia do meu casamento esse cara estará na minha lista de convidados.

— Sem problemas, podemos ir? Você deixa a gente no Novotel, certo? — pergunto, porque me informaram que talvez trocassem o hotel, se não tivessem disponibilidade para um quarto maior.

— Sim, é para lá mesmo. A senhorita Jennifer disse que passará mais tarde no seu quarto, mas conseguiram a suíte presidencial que tem dois ambientes, e o pessoal da produção chegaria lá à tarde para montar tudo — Billy explica, enquanto me ajeito e coloco o cinto de segurança.

Fiorela nem fala mais nada, apaixonadíssima pelo motorista.

— É você quem vai dirigir a limusine que nos levará para a volta por Nova York? — pergunta, toda animada.

— Não, pode ser que seja eu quem a leve no próximo final de semana, mas hoje à tarde preciso montar minha mesa de som, porque serei DJ na festa de um amigo. — Acho que a palavra DJ despertou os mais profundos sentimentos eróticos da minha amiga, que só falta pular no colo do cara.

— DJ? Qual outra face você tem que ainda não sabemos? Será você no casamento de nossa Charlotte? — Fiorela não dá ponto sem nó.

— Não, eu não aceito mais cobrar para tocar. Isso foi quando eu era mais jovem, fazia bicos em festas e meus amigos mais antigos sempre pedem.

Mas não aceito mais fazer esse trabalho não, mal consigo dar conta desse aqui — explica.

Enquanto isso, meu celular está em minhas mãos de novo e chamo Ethan, que não atende.

Deve estar ocupado. Vou mandar mensagem, quando puder, ele acessa.

> Amor, o vestido ficou muito perfeito. Estou tão feliz. Ansiosa para você me ver com ele. Agora estamos indo para o hotel. Vai ter filmagem, fica de olho depois. Bom concerto pra você, te amo!

Ethan não pôde aceitar o convite do programa de bancar a despedida de solteiro dele. Com os concertos agendados e tantas chances surgindo, não sei ainda quando ele poderá ter férias de verdade. Importante é que conseguimos uma brecha na agenda dele para o casamento e para passarmos cinco dias viajando. O programa fez surpresa para mim, não sei qual será o nosso destino, mas, como ele disse que era melhor fazer uma mala com roupas mais quentes, sei que não será para um lugar perto daqui. Deve ser algum local onde é primavera ou verão agora. Até esse casamento, morrerei de tanta curiosidade, isso é certo.

Quando o carro se aproxima do hotel, Fiorela faz que vai ligar para Billy, e ele lhe dá uma piscada. Finjo que não vejo para não atrapalhar o futuro casal.

O que viria no resto da noite, eu jamais poderia imaginar.

Sete horas depois...

A limusine chega. Parada em frente ao hotel, não há quem não repare naquele carro imenso, preto. Confesso que respirei aliviada, porque fiquei com medo de que fosse rosa, igual a umas que comemoram aniversários de adolescentes na orla de Copacabana. Antes que eu e Fiorela entremos, Jennifer sai do carro; ao lado dela, tem um cinegrafista que começa a me filmar sem avisar. Não sei como, mas já estou até acostumada com essas câmeras me seguindo.

Jennifer prende um microfone no meu casaco. Tentei colocar uma roupa mais bonita, mas qualquer uma seria coberta pelo imenso casaco que uso para escapar do frio intenso da cidade.

Quando entramos no veículo, mais surpresas, e uma delas realmente me emociona: ver Juli sentada com o melhor dos sorrisos é uma sensação que jamais esquecerei. Eu a abraço sem cerimônias e sinto que poderia ficar ali naquele aconchego por horas. Muito tempo sem nos vermos, e tê-la aqui hoje é algo muito marcante para mim. Em seguida, peço desculpas à Luíza, porque ela também está no carro, mas ela eu já sabia que estaria. Coloquei seu nome na lista e imaginei que seríamos só nós três, mas, com Juli a bordo, o *squad* ficou completíssimo.

Todas entramos e estamos sentadas quando o carro começa a andar. Somente agora vejo que, além do motorista, há uma guia ao lado dele, que liga um microfone e nos explica o que veremos a seguir.

— Hoje, a noite com as amigas será de muito luxo! Porque estamos em uma limusine que vai seguir os passos de Carrie Bradshaw e suas amigas no que conhecemos como o *Sex and the City Tour*, totalmente guiado por mim, Selena, e por meu amigo aqui, Antonio. Desfrutaremos de duas horas e meia de passeio, onde descobriremos mais de quarenta locais de Nova York onde as garotas caminharam, fizeram compras, comeram e fofocaram. Visitaremos bairros modernos, como Greenwich Village. Mergulhem no mundo de seus personagens favoritos neste passeio incrível!

Realmente essa surpresa valeu muito a pena. Estou muito feliz, não sei para onde olhar. Fiorela grava absolutamente tudo e mostra em seus *stories*; Juli recorda cada cena e comenta com Luíza, que diz que nem ela que ama passear pela cidade já tinha passado por todos esses lugares. Jennifer permanece preocupada com meus ângulos na limusine e pede que eu segure uma bebida do patrocinador.

— Eu não bebo isso — aviso a ela.

Jennifer finge que não escuta e, para não me aborrecer, seguro a garrafa que todas as minhas amigas estão amando.

Ethan me manda mensagem bem na hora. Olho para o celular para ler.

> Desculpe, amor, tivemos duas faltas hoje e toquei em dobro, porque o que era a entrada da outra menina eu cobri. Estou exausto.

RAFFA FUSTAGNO

> Espero que esteja tudo bem. Feliz em saber que seu vestido ficou lindo, difícil imaginar algo que não fique bem na noiva mais especial do ano.

Respondo na mesma hora:

> Está sim, você acredita que faremos o tour de Sex and The City? Nossa, acertaram muito. Aposto que foi ideia da Fiorela, estou muito, muito animada. E com saudades de você. Um beijo, te amo.

Em seguida, acompanho as explicações da guia e vivo com as meninas momentos realmente especiais. Nem acredito quando vejo que o tour inclui o lugar do jantar de ensaio de casamento de Carrie e Big. Passeamos ainda pela charmosa varanda de arenito de Carrie e me lembro de cada detalhe das cenas desse episódio. A cada passo, umas cem fotos para recordarmos de todas as maneiras possíveis.

Entramos no Pleasure Chest, onde Charlotte compra seu "Coelho". Sempre rio dessa cena. Fiorela aproveita e compra um para ela, alegando que o dela está muito usado. Se fôssemos as amigas do seriado, ela com certeza seria Samantha Jones. Também descemos do carro para conhecer o famoso bar de Steve e Aidan. Sigo chorando anos depois, quando Carrie faz a burrada de largar esse homem! Pelo menos em *Casamento Grego* a protagonista deu o valor que o ícone merece.

Damos muitas gargalhadas, relembrando o momento embaraçoso da cueca de Miranda no Village, que também visitamos. Amamos conhecer cada centímetro do charmoso Metpacking Street, onde as garotas do seriado costumavam ir.

Em seguida, passamos pelo café onde Samantha convida as meninas para Abu Dhabi. Até hoje quero conhecer o país por causa delas. Imagina o sonho? *Apenas diga sim*, faça acontecer.

Visitamos, porém não temos grana para comprar nas mesmas lojas de Greenwich Village, onde as meninas passavam o cartão de crédito sem limites. E quase passo mal me deliciando com cupcakes deliciosos. Exagero na dose e peço três, e são os mesmos daquela cena de quando Carrie confidencia para Miranda sobre Aidan. Lembram?

Meu Crush de Nova York 3

Apesar de estar cansada de tantos lugares, não posso desanimar para o que ainda teremos à noite. Chegamos finalmente no hotel, onde vejo que meu quarto virou uma festa do pijama versão despedida de solteira.

Há cinco roupões de cetim pendurados. Um é branco escrito "Bride" e os outros têm atrás "Team Bride". Só que não entendo por que enviaram tantos, se são somente três amigas e eu. Teremos mais surpresas? Só falta aparecer minha mãe e minha sogra.

— De quem são os outros? — pergunto à Jennifer, curiosa, enquanto coloco o meu e as meninas empolgadíssimas experimentam os delas.

— A gente sempre manda mais caso mais alguém apareça. Como boa parte de seus amigos e família não são daqui, acho que não teremos que usar os extras — Jennifer explica.

Se ela fosse um pouco mais simpática, eu a convidaria para celebrar com a gente, mas parece fazer curso com a Jane de como se tornar uma pessoa desagradável. Quase nunca sorri e só se dirige a mim para falar sobre marcações da filmagem e dar ordens do que fica melhor na televisão.

Um dos ambientes está todo enfeitado de rosa e prateado com balões metálicos. Há o karaokê que pedi e as caixas de som.

Fiorela se adianta e vai até o local da música. Liga a televisão imensa que está em frente e vamos as três andando até onde ela está. Jennifer segue dirigindo a cena. Desconecto-me de tudo e resolvo curtir esse momento tão especial com as meninas.

Batem na porta do quarto e Jennifer recebe um carrinho lotado de bebidas e sanduíches. Ataco uns dois — nunca comi tanto na vida. As meninas atacam as bebidas e me sirvo de um vinho que estava no quarto pedindo para ser bebido.

— Vamos começar com *Grease*, porque é clássico. A gente começa sofrendo e depois vamos animando — Fiorela dá a ideia, e eu aceito, porque estou amando tanto a cena de vê-las felizes e de nos ver reunidas que hoje; juro, não vou e não quero reclamar de nada.

Juli e ela pegam o microfone enquanto eu e Luíza ficamos atrás fazendo um coro.

But now there's nowhere to hide
Mas agora não há onde se esconder
Since you pushed my love aside
Já que você colocou meu amor de lado

RAFFA FUSTAGNO

I'm out of my head
Perdi a cabeça
Hopelessly devoted to you
Sem esperanças, devotada a você

Estou vendo a hora que vão nos expulsar desse hotel. A gente ri da nossa própria desafinação. Conforme o tempo vai passando, vamos colocando músicas que lembram filmes não muito alegres também, como o ótimo *Lado a Lado*, com Julia Roberts e Susan Sarandon, e imitamos a cena da mãe cantando com os filhos ao som de Marvin Gaye.

Don't you know that there ain't no mountain high enough
Você não sabe que não há montanha alta o suficiente?
Ain't no valley low enough, ain't no river wide enough
Não há vale baixo o suficiente, não há rio largo o suficiente
Ain't no mountain high enough, ain't no valley low enough
Não há montanha alta o suficiente, não há vale baixo o suficiente

Jennifer também começa a beber e nem sei mais que horas são; até porque, meu copo de vinho virou quase a garrafa inteira, e as meninas beberam mais do que comeram. Ela está com o roupão da despedida, abraçada em Fiorela. As duas sobem em uma das poltronas do quarto e Fiorela coloca um funk.

— Você faz assim. Eu faço também. É fácil. É Brasil. É funk! Muito bom. — Ela parece uma estrangeira querendo falar português de tanto que enrola a língua para explicar a Jennifer como dançar as músicas que agora coloca. E não posso dar certeza, mas acho que amanhã algumas de nós se arrependerão do que estamos fazendo, pois tudo está sendo gravado e a única pessoa que não bebeu foi o câmera, que sabe o que fizemos no inverno passado em Nova York.

Agarrada em Fiorela, Jennifer tenta cantar com ela na cena mais bizarramente surpreendente da minha noite.

Vou pedir pra não parar
Não para
Hoje eu quero me acabar nessa tara
Quando me vê rebolar tu se acaba

Meu Crush de Nova York 3

119

Sei que tu se amarrou
Nas gostosudas aqui da jaula
Vai dj não para
Vai dj não para
Vou rebolar de novo
Só porque tu é o cara

Eu poderia até contar para vocês o que rolou daqui em diante, se não tivesse caído de sono e acordado somente na manhã seguinte, sem entender como acabamos todas de conchinha na mesma cama. Não posso ver uma vergonha que vou lá e passo no débito. Mas que valeu a pena, isso valeu.

CAPÍTULO 16

O CASAMENTO DO ANO

Nova York – fevereiro de 2022 – uma semana depois...

O tempo brinca com a gente de maneira que só ele ganhe. Se queremos que passe mais rápido, geralmente demora. Se pedimos para ser mais devagar, ele corre e, quando vemos, aquele momento muitas vezes passou e nem percebemos.

Estou de frente para o espelho. O que vejo é uma mulher que não tem nenhum motivo para não ser feliz. O vestido se adequou ao meu corpo e não eu a ele, e não poderia estar mais "a minha cara". Meus cabelos foram arrumados em um meio-rabo com uma tiara e um véu não muito longo. Pela primeira vez, eu, que nunca imaginei estar vivendo esse momento, me vejo como uma princesa da Disney, pronta para o "felizes para sempre" com o príncipe.

Sinto as mãos de minha mãe ajeitando o véu. Viro-me para ela, que segura minhas mãos e está com os olhos marejados.

— Você sempre foi linda, mas hoje, minha filha, você está a noiva mais linda que vi em toda essa vida — elogia, encarando meu rosto e deixando escorrer uma lágrima.

Rapidamente aparece a assistente da maquiadora para limpar. Não estamos a sós, há pelo menos umas oito pessoas nesse quarto, entrando e saindo, mas agora, de frente para minha mãe, é como se o mundo inteiro deixasse de existir. É como se somente ela conseguisse me acalmar. Sempre achei que ela tinha um segredo para, com palavras e afagos, me tranquilizar. Hoje descobri que basta sua voz para eu ver que, se não está, em breve, tudo vai ficar bem.

— Eu te amo tanto, mãe. Estou tão feliz em viver esse momento com você aqui comigo. Não conseguiria viver nada disso sem te ver onde sempre esteve: do meu lado, me apoiando.

— É onde estarei sempre. Não há oceano que separe mãe e filha. Tenha certeza disso.

— Sempre acho que devia ter lhe ouvido mais vezes. Se estou aqui hoje, é porque o destino quis, mas você me incentivou. Mesmo no pior momento, quando meu pai… bem, você sabe melhor do que ninguém o que houve. Mesmo assim, mãe, você arrumou tempo para me estender a mão, para me dar força de viajar. Até hoje não consigo entender como alguém pôde deixar de gostar de você — afirmo, indignada, me referindo ao que houve entre meus pais.

— Charlotte, não diga besteira. Doeu? Muito. Passou? Sim. A gente precisa aprender com as decepções. E o rancor não pode e não deve ser para sempre. O que seu pai aprontou comigo já foi. Não o odeio, o amor que sentia se transformou em outro sentimento. Como poderia odiar quem me deu *você*, o maior presente que recebi na vida?

Minha mãe me abraça daquele jeito que só as mães abraçam, como uma leoa que defende sua cria. O abraço dela tem cheiro de infância, lembrança da adolescência de quando eu achava que sabia tudo da vida e nem imaginava o que ainda viria. Ficamos um tempo abraçadas, até que ela se afasta lentamente, enxugando as lágrimas.

— Vamos precisar retocar a maquiagem — digo, e em dois segundos já temos maquiadoras ao nosso lado, só esperando a hora certa de agirem. Até me esqueci que estávamos sendo monitoradas.

— Pronta pra descer? Seu pai está na porta — ela me avisa, enquanto me olho uma última vez no espelho e admiro cada detalhe do vestido. Sei lá, mas hoje parece que está ainda mais bonito do que na loja quando experimentei pela primeira vez.

Jennifer aparece com o buquê.

— Te entrego lá na entrada. Vamos, que estão todos esperando. Como o programa hoje é ao vivo, não podemos atrasar. — Ela faz eu me lembrar do compromisso com o programa ao invés do imenso compromisso que assumirei em minutos na frente de milhões.

Caminho até a porta do quarto. Um assistente da produção abre a porta para que eu passe, e lhe agradeço. Meu vestido permite que ande arrastando muito pouco dele no chão, exatamente o efeito que queria para hoje. Não queria nada me prendendo.

122   **RAFFA FUSTAGNO**

Eu me deparo com meu pai, que guarda o celular no bolso quando me vê, automaticamente começando a chorar, tão emocionado que todos que passam e o veem desse jeito não sabem se está prestes a levar a filha ao altar ou se vai carregar o caixão dela.

— Desculpa, filha. Não acredito que minha pequenina vai se casar. Como passou depressa… — Ele segue emocionado. Minha mãe acaba deixando escapar mais lágrimas, e não me seguro. Abraço os dois ao mesmo tempo, emocionada.

— Obrigada por estarem aqui. Obrigada por tudo que sempre fizeram por mim. — É o máximo que consigo falar agora. Meu coração parece que vai sair pela boca, minhas pernas começam a dar leves tremidas de nervoso e, para variar, quando estou nervosa, minhas axilas suam, assim como minhas mãos.

Fico no meio deles e seguimos Jennifer. Encaixo as mãos nas deles. Ando no mesmo passo. Se tivéssemos ensaiado, não teria saído tão perfeito. Entramos no elevador e sinto que suspiram como eu, como se estivessem se preparando para "entregar" a filha deles oficialmente. O câmera foca muito em nossas mãos entrelaçadas; quando chegamos no andar, Jennifer coordena tudo.

— As suas madrinhas entram agora. Você logo em seguida. — Olho para Juli, Luíza, Fiorela, e minhas primas Duda e Carol. Elas estão lindas. Todas de rosa-claro combinando.

Eu as vejo entrando pelo longo corredor de arcos de flores. Há poucas luzes no chão e outras tantas entre as vegetações, mas não consigo ainda ver os convidados. Jennifer avisa que minha mãe entrará de braço dado com meu sogro, e minha sogra já deve ter entrado com Ethan. Terei que ver tudo depois na filmagem mesmo. A noiva sempre perde várias cenas importantes.

Meu pai se posiciona para entrar comigo. Todos já seguiram e só há eu, ele, Jennifer e o cinegrafista. Consigo ver que há mais câmeras lá na frente do corredor. Mas ainda está longe, não enxergo Ethan ainda.

Minha barriga dói. De um jeito bom e ao mesmo tempo assustador. Já moramos juntos, mas casar, com todo mundo te observando, com a televisão gravando… A Charlotte que chegou em Nova York pela primeira vez anos atrás nunca ousou imaginar isso.

Meu pai beija minha mão.

— Tenho muito orgulho da mulher que você se transformou. Da profissional, da filha e, em breve, da esposa que será. Te amo. — Ele tenta

Meu Crush de Nova York 3

segurar o choro, mas não consigo. Minha cara deve estar péssima. Tento pensar em outra coisa para amenizar o estrago.

Jennifer dá o sinal. Junto com ela, a cerimonialista, a quem vi poucas vezes, mas com quem troquei inúmeras mensagens. Elas piscam para mim e fazem sinal para que eu ande. Aquele passo ensaiado. Não é na igreja, por termos religiões diferentes. Misturado ao meu nervosismo de ver tantas pessoas me olhando e tantos celulares apontados para mim, além das câmeras do *Apenas diga sim*, também há a surpresa de Ethan. É dele a voz que canta em um português, carregado de sotaque, a música que meus pais ouviam quando se conheceram. E olha que só contei isso a ele uma única vez, estou impressionada com a memória desse homem.

Eu tenho tanto pra lhe falar
Mas com palavras não sei dizer
Como é grande o meu amor por você
E não há nada pra comparar
Para poder lhe explicar
Como é grande o meu amor por você

Nem mesmo o céu nem as estrelas
Nem mesmo o mar e o infinito
Nada é maior que o meu amor...

Como se já não bastasse a música ter a letra perfeita, vejo Ethan cantando para mim, enquanto ando lentamente ao seu encontro, de mãos dadas com meu pai. Esqueço-me de pegar o buquê, que Jennifer encaixa discretamente em minha mão direita. Treinamos tantas vezes, mas agora nada mais importa, desde que eu caminhe até o homem que faz tudo isso valer a pena, aquele que me fez acreditar que o amor era e é possível e que a cada dia me dá a mais absoluta certeza de que é com ele que quero passar meus dias.

A cada passo, a cada refrão cantado, me sinto no meio de um final de todas as histórias de finais felizes a que assisti na vida, e que sempre achei só serem possíveis na cabeça dos roteiristas.

Percebo, pelo olhar de animação e de emoção de nossos amigos, de nossos familiares, que todos estão, assim como nós, felizes com essa união. Que sorte a nossa ter tantas pessoas que nos apoiam e que acreditam no que sentimos um pelo outro.

Meu pai cumprimenta Ethan, beija minha testa e murmura:

— Deus os abençoe.

Nessa hora, vejo minha mãe desabar no canto direito tentando secar as lágrimas em um lencinho que trouxe na bolsa. Minha sogra tira os óculos a toda hora para desembaçá-los, também emocionada.

Ethan segura em minhas mãos e fala bem baixinho:

— Deusa, você está uma deusa. — Queria poder pular no colo dele e beijá-lo intensamente, mas estamos em um casamento sendo transmitido para o mundo.

O juiz de paz cita alguns trechos em inglês e, como fala um pouco de português, aproveita para emendar algumas frases. Quero me virar e olhar para os rostinhos de todo mundo, mas preciso permanecer quieta. Fizemos um pedido de que a cerimônia não durasse muito e assim é feito. Na hora dos votos, Ethan começa, e tenho até medo, porque as minhas frases não estão nunca no nível das dele. As mais bonitas que lhe disse esse tempo todo foram tiradas de filmes e séries, para ele tentar adivinhar quem as tinha dito. Para variar, ele me surpreende:

— Oscar Wilde disse certa vez que você não ama uma pessoa pelo que aparenta, pelas roupas que usa, ou pelo carro chique, que a propósito nós ficamos um bom tempo sem nem ter. Você ama a pessoa porque ela canta uma música que só você pode ouvir. Acredito nisso, principalmente por ter me formado em música e porque, desde que te conheci, percebo que cada som que vem de você é especial de um jeito único para mim.

"Te disse isso outro dia, mas talvez você não lembre. Ou melhor, o mundo ainda não sabia que amo o som da sua risada. Mas também reconheço o som do seu choro. Sei quando o tom de sua voz é preocupante, e quando a altera para me contar algo importante e feliz. A gente se conheceu por acaso, se envolveu na dúvida, venceu os receios e aqui estamos.

"Nenhum instrumento do mundo me faz mais feliz do que tocar em suas mãos, ter você em meus braços e ouvir suavemente o barulho de seus suspiros. Te escolheria todos os dias, te ouviria sem cansar, e te amarei até que uma das vitrolas se canse e precise descansar. Só assim, nossa música deixará de tocar."

As pessoas aplaudem, e me debulho em lágrimas. Estou com vergonha de dizer o que preparei. Minha mão está tremendo, e tudo que mais desejo é gritar "eu te amo, porra!", mas acho que não pegaria bem em rede nacional, muito menos com a presença de nossos pais.

Meu Crush de Nova York 3

Chega a minha vez, e seguram o microfone na minha direção. Suspiro fundo e olho para as pessoas me esperando. Fiorela faz sinal de positivo, Juli me manda um beijo e tudo que quero é a parte do "pode beijar a noiva".

Não conseguirei fugir, então tento lembrar tudo que ensaiei a semana toda.

— Não sei se serei tão poetisa assim, mas separei 10 coisas que amo em você. Juro que tentarei ser rápida.

Ouço alguns risinhos, provavelmente das minhas amigas e dos amigos dele sentados na segunda fileira. Agora de lado, consigo ter um pouco da visão de cada uma das pessoas. Finalmente começo:

— Amo como você prepara meu café. E também amo como tenta não dizer o quanto eu cozinho mal, aceitando comer tudo que preparo. Amo quando está ensaiando e me encara, fazendo com que a música que está tocando seja um solo especial preparado para mim. Aliás, amo o quanto me faz sentir especial diariamente. Amo quando me acorda com beijos. E amo como aguenta meu pessimismo, sempre trazendo uma palavra positiva para acalmar meu mau humor. Amo quando decora letras inteiras em português só para cantar para mim, como acabou de fazer.

"Amo quando mente para me fazer surpresa e aguenta minhas reclamações, dizendo que não sei como você consegue esconder as coisas de mim. Amo como sempre me acha linda, por pior que esteja naquele dia. Amo seus carinhos, seus beijos e coisas que não posso repetir em voz alta. Amo como trata minha família e como fala de mim para a sua. Amo como ri das minhas piadas sem graça. Acho que não consegui somente dez..."

Pelo menos tiro o sorriso mais lindo de todos dele e ouço os risos do pessoal que também bate palmas.

O momento mais aguardado chega e ele pergunta se eu o aceito. Falo o sim mais certo de toda a minha vida. Ouvir o mesmo de Ethan esquenta meu coração no meio da quase noite gelada de Nova Iorque.

O avô de Ethan caminha até nós. Ele estava na cadeira de rodas, mas se levanta para vir andando com dificuldade pela lateral e nos entrega as alianças.

Ethan encaixa a aliança em meu dedo e eu no dele.

— Eu vos declaro marido e mulher, podem se beijar — o juiz diz, piscando.

Ethan me pega pela cintura e me dá um beijo Hollywoodiano, daqueles em que me inclina e desmonta minha coluna, que certamente vai precisar de um relaxante muscular no dia seguinte.

— Eu amo você. Sempre amei, sempre vou amar — Ethan declara, me abraçando antes de Jennifer interromper e pedir para que a gente caminhe de volta para o início da festa.

— Sou completamente apaixonada por você. Você sabe disso, mas achei que não tinha mais como amar, e, meu Deus, como erro! — E nos beijamos com a chatinha da Jennifer ainda insistindo para que a gente caminhe.

Cedemos ao que ela pede e, em seguida, começa a tocar outra música que Ethan escolheu, e que tem muito a ver com nossa história: o instrumental de *Stand By Me*.

Somos dirigidos por Jennifer, e então pergunto:

— Até que horas vocês precisam acompanhar a gente? — falo baixo, para que os microfones não captem. Para meu espanto, Jennifer revela:

— Duas músicas. Libero os câmeras e vou beber até não aguentar mais. Não quero nem lembrar que trabalho para Jane amanhã. — Ela ri e bate o ombro em mim, como se tivéssemos um acordo, e realmente temos.

Andamos até a pista. Coloco as mãos em volta do pescoço de Ethan e começamos a dançar *Isn't She Lovely*, de Steve Wonder, seguida de *Perfect*, do Ed Sheeran. Acredito que todo casamento toque as mesmas músicas, mas Ethan tinha mais uma surpresa para mim.

Terminamos a segunda dança e ele me posiciona no meio do salão. Em duplas, estão Juli e Pierre, minha mãe e meu padrasto, os pais de Ethan, meus tios, e Fiorela dançando com Billy, o motorista (eu o convidei? Não importa, o importante é que ela está feliz). Meu pai está sozinho, dançando com uma companheira imaginária. Eu me aproximo dele, já que Ethan se afasta de mim e chama Luíza. Agora Igor, que estava um pouco mais atrás também está sozinho, e parece perceber o que vão aprontar, porque posiciona o celular dele em minha direção para filmar.

Ethan então pede a atenção de todos.

— Quando conheci essa moça, eu trabalhava de barista e estudava muito para me tornar o que sou hoje: músico. Charlotte viu o melhor em mim, sempre me incentivando e me apoiando. Até mesmo quando o destino fez com que a gente morasse juntos, ela nunca me deixou desistir da minha paixão: a música. Isso só fez com que meu amor por ela também virasse admiração. Poderia dar todos os presentes do mundo a ela e nenhum seria capaz de demonstrar quão importante ela é para mim, mas, com minha amiga Luíza, aliás, nossa amiga Luíza, preparei um solo de filmes e animações em versão clássica, que ensaiamos escondido para tocar hoje para vocês, dedicando, claro, à minha esposa.

Ele poderia ser escritor, tem um dom com as palavras que faz com que todo mundo, obviamente me incluo, suspire com tudo que fala. Todos se viram para o palco para prestar atenção, Ethan posiciona o violino, e Luíza se senta ao piano, dedilha um pouco, ajusta o banco e um sorri para o outro, há outros músicos no palco que não conheço, provavelmente do próprio espaço.

A melodia vai invadindo o ambiente e reconheço na hora que é da trilha sonora de *A Bela e Fera*. Meu pai me convida para dançar. Rodopio com ele pelo salão. Os demais casais também se encantam e começam a dançar do nosso lado.

Sem interromper, a música vai parando para emendar com *A whole new world*, de Alladin. Sabia que nosso casamento teria músicas especiais, só não sonhei que tocadas pelo meu agora marido e por nossa amiga.

A música para e Ethan caminha até mim. Meu pai se afasta um pouco e vejo que outros músicos tomam a posição deles, que se coloca à minha frente. Enlaço os braços ao redor dele, que segura a minha cintura, e o instrumental de uma música que desconheço começa a tocar.

— Amei a surpresa. Estou tentando buscar palavras para expressar quão feliz estou agora, mas sei que falharei miseravelmente.

— Também não as encontro, minha esposa. Mas olha aqui — ele coloca minha mão em cima de seu peito —, eu as sinto. Uma por uma, cada emoção de estarmos celebrando esse amor imenso que jamais saberemos explicar, apenas o viveremos.

— E essa música linda? De quem é? — Encosto o rosto em seu peito e dançamos coladinhos.

— Essa música é muito especial para mim, agora ainda mais por estar tocando na festa de nosso casamento. Chama-se *The Lonely Shepard*, pelo menos ficou conhecida assim, mas, em alemão, onde foi composta, se chama *Der einsame Hirte*. Sempre a ouvi na interpretação de Andre Rieu. É linda, não é?

— Combina muito com nosso momento. Poderia ficar aqui nessa pista dançando com você sem parar.

— Seria ótimo se pudéssemos congelar esse momento — ele me diz, beijando suavemente o topo de minha cabeça.

— Dentro de nós, Ethan, já congelou. Vai ficar aqui — aponto para o coração — e aqui — aponto para minha cabeça —, de um jeito que só quem viveu entenderá como foi especial.

— Se contarmos para alguém que não nos conheça, vão dizer que essa história é mentira. Que ninguém se apaixona tão rapidamente assim — ele fala.

— Com certeza, vão me chamar de louca, as pessoas me recriminarão por ter saído contigo e ter ido para sua casa sem pensar duas vezes, sendo que aqui é a terra dos *serial killers*. Imagina que loucura! — Rio, debochada.

— Concordo. Mas também tem gente que vai nos achar chatos. Sempre tem quem olhe um casal feliz e apaixonado e ache chato — completa.

— Tenho certeza de que pensarão que sou uma mala, cheia de inseguranças, e que não entendem como um cara tão perfeito pode me aguentar por tantos anos. Só nos livros de romance ou nos filmes da sessão tarde. Fora disso, não teria a menor chance… — replico, adorando imaginar o que as outras pessoas pensariam se lessem nossa história.

— Acho que também não acreditariam em todas as coincidências. Nos esbarramos, você do lado do Igor no voo… Acho que nossa história daria um belo livro — arrisca.

— Nem todo mundo curte amor à primeira vista. Acho que o nosso foi, né? — arrisco.

— Foi à primeira e à última, afinal, aqui estamos. — Ele me aperta com vontade.

Olho ao redor e vejo que muitas pessoas já se sentaram, e outras estão se despedindo, principalmente os mais velhos.

— Só vai sobrar a gente — digo.

— E isso é ruim? Acho que é o certo. Não tem aquele lance de "enfim sós"?

— E se eu disser que amo todos aqui, mas não vejo a hora de irmos para o quarto para aquela comemoração que só a gente sabe fazer? — Encaro meu agora marido, tentando fazer um olhar sensual.

— Aí eu teria que inventar um incêndio no salão para todos saírem correndo e irem mais cedo para casa. Ou para seus quartos de hotel — sugere.

— Hum, acho que precisamos nos controlar. Vou me satisfazer com comida, essas que escolhi e nem sei do que se tratam — assumo.

— Aposto que escolheu as mais caras… — Ele me conhece bem.

— Claro, para ser um bônus por ter aturado aquela Jane até agora. — Rio da minha própria desgraça.

— Mas valeu o sacrifício. Saiu tudo como a gente queria, não foi? — pergunta, e preciso concordar.

Meu Crush de Nova York 3

— Saiu ainda melhor — digo isso, atacando uma bandeja que passou com um canapé horrível. Mas minha fome é tanta que o ataco sem piedade.

Não sei de onde surgem nossos amigos. Todos eles, em rodinha e abraçados, nos colocando em um círculo. Encaramos a brincadeira, e olho para Ethan, esperando que seja mais uma de suas surpresas, mas ele faz que também não sabe de nada.

Olho para o rosto de cada um deles, e vejo que na roda também estão nossos pais, meus tios e até mesmo Jennifer e Billy. O que vão fazer?

A música começa, e eles cantam em voz alta uma das canções que mais amo da Madonna e que deveria ser um hino para quem mora longe de sua família e amigos.

Keep it together in the family
Mantenha a família unida
They're a reminder of your history
Eles são um lembrete de sua história
Brothers and sisters, they hold the key
Irmãos e irmãs, eles têm a chave
To your heart and your soul
Para o seu coração e sua alma
Don't forget that your family is gold
Não esqueça que sua família é ouro

Eu e Ethan batemos palmas e nos juntamos a eles, em coro.

When I look back on all the misery
Quando olho para trás em toda essa miséria
And all the heartache that they brought to me
E toda dor que eles trouxeram ao meu coração
I wouldn't change it for another chance
Eu não trocaria por outra chance
'Cause blood is thicker
Porque o sangue é mais forte
Than any other circumstance
Que qualquer outra circunstância

Epílogo

(ETHAN)

Houston, março de 2023...

Estou atrasado. Imagino que ela vá me fuzilar com o olhar. Coloco a chave na porta com dificuldade e estranho que ainda não tenha vindo abrir. Geralmente, quando atraso desse jeito, Charlotte está pronta para me dar aquela bronca básica. Admito que demorei bem mais que imaginava.

Mas precisava passar no mercado, e tudo com ele fica mais complicado. Ele nunca para quieto. Tento segurar com um dos braços e deixar o outro livre para fazer tudo que preciso, mas nunca dá certo. Desde que chegou ele está sempre se mexendo demais, ou chorando. Tenho sorte quando cai no sono. Equilibro o máximo que consigo em uma das mãos, a chave para abrir a porta na outra, e finalmente entramos. Nada de Charlotte. Estou começando a ficar preocupado.

Eu o levo até o sofá. Está frio hoje e há uma manta que usamos quando assistimos a televisão ontem, e ninguém guardou ainda. Peço que não se mexa muito, e que muito menos faça algum barulho.

— Pequeno, fica quietinho aí que preciso ver onde está sua mãe, ok? Nada de se mexer!

Dizem que nessa idade eles não entendem nada, mas não acredito muito nisso. Ele me olha e se deita no sofá. Eu o cubro, e ele começa a morder e babar todo o brinquedo que comprei no mercado minutos atrás para ele. Sei que não vai durar muito tempo, mas pelo menos ainda está entretido.

O apartamento está com as luzes acesas. Ela sempre apaga todas as luzes se resolve sair, ou me manda mensagem. Como não recebi nenhuma, caminho para o quarto na esperança de vê-la dormindo; seja porque trabalhou muito, ou porque tomou algum anti-histamínico. Mas nada dela no quarto, a cama está arrumada e a bolsa está jogada na poltrona.

— Charlotte, onde você está? — falo alto, abrindo o banheiro de nosso quarto e não a encontrando também.

Ouço a voz dela baixinho, quase falhando, dizendo meu nome. Vem do outro banheiro, o que fica no quarto ao lado. Corro para lá e a porta está aberta. Ela nunca usa esse banheiro; desde que nos mudamos para esse apartamento, diz que esse quarto é para a criança que teremos um dia.

Finalmente eu a vejo, sentada no chão com as costas apoiadas na privada e segurando um bastão de plástico.

— Negativo. Mais uma vez negativo. Nunca terei essa criança...

É duro ver a mulher que você ama chorando porque tenta engravidar e os exames dão negativo. Sei que ela estava com muita esperança dessa vez. Eu também, mas preciso ser cauteloso em cada palavra que disser em um momento como esse.

— Não foi dessa vez, mas será. Quer que eu faça mais exames? Se quiser desistir ou não se pressionar tanto, estarei do seu lado, você sabe disso.

Amo crianças, mas nunca falei diretamente sobre Charlotte engravidar, porque sempre tive para mim que seria quando ela quisesse, se ela quisesse. Para mim, é basicamente fácil, antes de o bebê nascer é a mãe quem passa por todas as transformações no corpo.

Se ela dissesse não, eu a apoiaria. Se quisesse adotar, estaria pronto para isso. A única certeza que tive no dia em que me apaixonei por ela é de que a amaria incondicionalmente. Ainda me lembro de ela entrar onde eu trabalhava, da primeira vez que nos beijamos, de quando me vesti de Darth Vader, e ela quase não me perdoou por isso. Poderia descrever cada um de nossos encontros e sorrir da mesma maneira, como se os tivesse vivendo novamente cada um desses dias.

Vê-la chorando e não poder fazer nada é como se estivessem enfiando uma faca em meu peito e girando. Charlotte sempre foi ansiosa; por essa razão, sempre fui contra ficarmos focados em ver os dias férteis dela. Achei que era uma pressão desnecessária. Aos poucos, fui a convencendo a ir relaxando e juntos fizemos cada um dos exames que os médicos recomendaram. Todos eles tiveram resultados bons, não tinha por que nos preocuparmos, mas conheço minha esposa. Ela passou a comparar cada uma das mulheres que conhece e que tinham engravidado, a calcular o tempo que estamos sem "nos cuidar" e a menstruação continuava vindo.

Passei a fazer tudo para distraí-la, ainda que saiba que o trabalho dela a ocupa mais do que qualquer outra coisa na vida, mas decidi ser o ponto de apoio. Dei um freio nos convites das viagens internacionais, achei que seria melhor tirar um tempo para gente, então boa parte de meus concertos acontecem em viagens bate-volta. Depois do programa, consegui fazer muitas participações especiais e passei a ter um empresário.

As coisas melhoraram para a gente. Charlotte foi promovida e, sem nenhuma pandemia, os pais dela nos visitam de três em três meses. Quando um não vem, o outro está por aqui. Assim mantemos a casa cheia, com um quarto de hóspedes aconchegante que recebe nossos melhores amigos e familiares.

Fizemos um plano do imóvel em que o aluguel vai abatendo do valor de compra quando quisermos dar entrada e quase temos essa grana. Entre nós, fora a questão de seu desejo imenso de ser mãe, não temos do que reclamar. Somos um casal parceiro, e na cama seguimos sendo dois adolescentes completamente apaixonados.

Nunca me envolvi nas conversas tóxicas de homens falando sobre suas esposas e como o fogo foi apagando, porque sempre fui contra dividir algo tão nosso fora da relação que temos. Mas acho que, se contasse como após esses anos seguimos embalados, conectados e encaixados como Legos novos recém-tirados da caixa, muitas pessoas não acreditariam.

Eu me agacho para ficar quase na altura dela no chão, tiro o teste de suas mãos, abro a lixeira e o jogo nela.

— Por que ficar olhando para isso?

— Porque mais uma vez falhei — ela responde, chorosa.

— Filho não se faz sozinha, então será que ambos falhamos? — devolvo o questionamento.

— Está na cara que a culpa é minha.

— Os exames não disseram isso. Por que se culpar dessa forma? Nós somos muito mais do que termos ou não filhos biológicos — lembro, colocando seu cabelo que está caindo sobre o rosto para trás da orelha. Faço um carinho suave em seu rosto, enxugando com as costas das mãos algumas lágrimas.

— Sei que somos, mas só tive esperança de que fosse agora. Estou atrasada alguns dias e meus peitos estão bem doloridos — ela responde, apalpando os seios.

Meu Crush de Nova York 3

133

— A gente tem todo o tempo do mundo para tentar mais, e... se não der, vamos estudar outras opções — digo, me erguendo e estendo a mão para que ela se levante do chão também.

Charlotte aceita minha ajuda, se levanta devagar e então me abraça. Quero poder fazê-la sorrir como fiz tantas vezes, mas a conheço bem para entender que esse momento é dela. Só quero que sempre se lembre de que, o que decidir, estarei aqui para apoiá-la, que minha felicidade é a dela.

Nunca pensei em me apaixonar assim; para ser honesto, não pensava muito em casamento ou se um dia amaria alguém e olharia da mesma forma que meu pai admira minha mãe há mais de trinta anos. Pensava pouco, vivia um dia atrás do outro e via as pessoas se apaixonando, de um jeito que achava que não era para mim.

Não sou galinha, nunca fui. Respeitei toda mulher que beijei ou com que tive algo mais. Tratei da melhor maneira possível, mas jamais tive a sensação de que, se tal pessoa fosse embora, meu mundo não teria mais a mesma trilha sonora; seria música com instrumento desafinado, partitura sem informação de altura.

Charlotte sempre foi tudo que precisei, mas não sabia que buscava.

— Tudo bem, vou tentar esquecer esse teste. Ainda bem que dessa vez nem comentei nada com minha mãe ou com a Juli. Eu as amo, mas odeio vê-las com pena de mim — ela fala, enquanto a abraço e beijo o topo de sua cabeça.

— Quase esqueci que temos visita. Quer dizer, na verdade, alguém que precisará muito de sua atenção — digo. Acho que está fácil de matar a charada, mas ela está tão para baixo que não percebe o que quis dizer.

— Não deixa ninguém me ver assim. Preciso melhorar essa cara — pede, se olhando no espelho e avaliando a própria imagem.

— Aposto que esse cara nem vai ligar se você parece que chorou ou não, até porque ele também chora um bocado.

Ao dizer isso, algo acende em Charlotte, como se finalmente tivesse pescado o que comentei antes.

Ela sai correndo pela casa e vou atrás dela. Quando vejo, já está com ele no colo. Ela o beija muito, e o pobre faz uma carinha linda de susto como se tivesse sendo esmagado.

— Como assim? De onde ele veio? — ela me pergunta.

— Vi um anúncio de uma ONG que cuida de animais abandonados ou recém-nascidos. Fui até lá e parece que escolhi o dia certo para fazer essa surpresa e devolver esse sorriso lindo para o seu rosto — digo, feliz demais de vê-la sem chorar e beijando o pequeno vira-latinha.

— Como vamos chamá-lo?

— Deixei pra você escolher — digo.

— Ross! Vai ser Ross, em homenagem ao Ross Geller de *Friends*. Ele tem a carinha triste do personagem, e ao mesmo tempo é um fofo — decide.

— Então, seja bem-vindo à nossa família, Ross. — Aperto as bochechas do cachorrinho.

Charlotte se senta no sofá com ele no colo, que lambe as mãos dela e adormece. Ela fica fazendo carinho com uma das mãos e a outra estende para mim. Sento-me ao seu lado no sofá, de mãos dadas. Olho para ela e peço a Deus que essa alegria fique para sempre entre a gente.

— Obrigada, meu amor. Família é onde nós estivermos. Se o bebê não vier, há um mundo de crianças que, assim como Ross, esperam por uma família tão bacana como a nossa — conclui o que sempre quis ouvir da boca dela, porque somos completos. Quem vier, virá para somar, sem que precisemos sofrer para ter mais alguém conosco.

— Se essa for sua decisão, será a minha. O que importa é estarmos juntos, e nunca deixarmos de sorrir um para o outro. E um do outro — digo, beijando suavemente seus lábios.

— Acho que podemos botar o pequeno Ross para dormir e comemorar a chegada dele. — Charlotte me olha de um jeito que conheço bem e sei que a comemoração será em algum canto dessa casa. Acredito que não tenha nenhum que ainda não tenhamos testado.

— Não consigo imaginar maneira melhor de comemorar a chegada dele. E a volta do seu sorriso. — Beijo seus lábios mais vezes.

Charlotte coloca Ross no sofá dormindo e muitas almofadas em volta. Precisamos comprar uma caminha para ele, como posso ter me esquecido disso? Quando ela se vira, pula em meu colo, e com as pernas encaixadas em mim. Seguro em sua bunda e vamos andando e nos beijando até o quarto.

Olho para Alexa e, como sempre, cada momento nosso tem referência de filme e fundo musical. Para esse, escolho a dedo um filme que amamos, e então digo:

— Alexa, toca *Up Where We Belong*, de Joe Cocker e Jennifer Warnes.

— Ah, não, eu amo aquela cena final de *A força do destino!* Meu Richard Gere — comemora, me beijando mais.

— Também amo, minha Debra Winger.

Alexa começa a tocar a música que tem uma letra que parece escrita para nossa história. Se essa cena fosse um filme ou livro, saberíamos que não seria o final, mas apenas mais uma temporada de novas coisas a serem vividas. Afinal, como a própria letra diz, o tempo passa, a vida somos eu e ela, sem tempo para chorar, vivendo apenas o hoje.

Who knows what tomorrow brings
Quem sabe o que o amanhã trará
In a world, few hearts survive...
Em um mundo, poucos corações sobrevivem...
All i know is the way I feel
Tudo que sei é o jeito como me sinto
When it's real, I keep it alive
Quando é real, mantenho vivo
The road is long
A estrada é longa
There are mountains in our way
Há montanhas em nosso caminho
But we climb a step every day...
Mas subimos um degrau por dia...

FIM

Agradecimentos

Nunca imaginei que essa história encantaria tanto vocês que viraria uma trilogia. Mas aqui está. Charlotte e Ethan viviam em minha cabeça e em rascunhos por volta de 2017, quando viraram um conto e, logo em seguida, um livro com muito mais páginas.

Não conseguiria nem se tentasse expressar em palavras o que é para o autor saber que as pessoas estão gostando de suas histórias. Se na Bienal de 2019 eu tinha me emocionado com cada abraço de leitores que me conheciam e outros que me conheceram lá, começar a ler cada resenha, cada avaliação, cada quote postado nas redes sociais de vocês me fez perceber que meu casal, que agora era de vocês, tinha ganhado um espaço não só na estante ou no Kindle de vocês, mas também no coração.

Perceber que o que queria — mostrar um cara gatíssimo, mas nada rico, e nem herdeiro de ninguém, que fosse o príncipe encantado da mocinha — sempre povoou meus pensamentos. Porque eu queria vida real, queria um cara que pegasse metrô com ela e que fosse mais próximo da realidade dos romances da vida "de verdade" que vivemos. E acho que consegui.

Foi incrível receber cada retorno após o lançamento de *Meu Crush de Nova York 2 — O amor pede passagem* na Bienal do Rio, em 2021. E seguir recebendo amor na Bienal de SP de 2022. Como essa história só existe e seguiu existindo porque vocês gostam e pediram muito, então aqui está a parte final do romance, o famoso "felizes para sempre". Espero que, mais uma vez, vocês suspirem com esses dois, queiram ver todos os filmes que eles falam e escutem as músicas que cito nessas páginas.

Por isso, meu imenso primeiro obrigada é a cada leitor que curtiu esse romance sem fronteiras e que me pediu a continuação.

Não posso me esquecer de agradecer, obviamente, à editora que fez com essa história chegasse até vocês: The Gift Box, muito obrigada por todo carinho que me tratam desde antes de eu ser autora de vocês. É um imenso orgulho fazer parte dessa família.

Obrigada a toda equipe da editora que carrego no coração e que me apoia tanto o ano inteiro e nos dias no estande (onde nem sempre minha saúde está 100% e vocês me acolhem com todo cuidado e amor do universo). Espero não esquecer ninguém, mas vamos lá: Roberta Teixeira, obrigada por seguir apoiando seus autores e investindo no amor que tem pela literatura. Anastacia Cabo, muito obrigada por toda atenção e por todo carinho que sempre me trata. O mundo precisa de mais profissionais como você.

Carol Dias, Martinha e Christina Melo: obrigada por me apoiarem e por fazerem com que o ambiente em cada encontro seja saudável e de muito companheirismo. Posso incluir aqui nesse parágrafo minha incansável Bel Soares (e Lelê). Amo vocês. Bia Santana, obrigada pelas artes lindas, você arrasa!

A todo mundo que fez parte em algum momento dessas três histórias, seja nos estandes ou no escritório, muito obrigada!

Se esse texto foi ficando melhor, culpem a minha agência Increasy. Tenho imensa alegria (e prazer) em ter Grazi Reis me acompanhando nessa jornada. A mulher que tem uma memória de ouro e que lapida meus textos. Você é maravilhosa. Alba, por toda força e por gerenciar meus próximos passos. Obrigada, meninas!

Pode ser que agora eu esqueça algum nome, mas, como sempre, farei questão de citá-los. Sei que durante esses anos muita gente "sumiu", e a gente fica triste, nunca entendendo direito o porquê, mas faz parte da vida. A gente precisa aceitar que pessoas se vão e outras chegam em nossas vidas. Precisamos (e devemos) dar valor a quem fica sempre. Então abaixo segura que vem textão (é o último livro, me perdoem, estou emocionada!):

Aos meus queridos amigos literários, eu amo ter vocês em minha vida. Obrigada por cada abraço, cada mensagem no *direct*, por cada livro que lanço e vocês me apoiam incondicionalmente. Vamos à "pequena" listagem: Angela Cunha Gabriel, Cassius Francisco, Jéssica Camargo, Jéssica Nascimento, Michelle Lemos (@chellellins), Rudynalva Soares, Michelle Fraga, Juliana Fragoso, Francine Colonia, Carina Freitas, Aline Pereira, Evany Bastos, Mayara Moura, Duda Kagan, Meliana Caroline, Caroline Bezerra, Claudio Cabral, Julianne Braga, Daniel Machado, Frini Georgakopoulos,

Desire Oliveira, Marina Mafra, Dani Smith, Hanna Carolina, Anne Silva, Any Campos, Milene França, Maysa Corrêa, Fernando Mercadante, Andrea Jocys, Carol Daixum, Maisa Evelyn, Larissa Rumiantzeff, Letícia Rodrigues, Aline Cristina Moreira, Luiz Fernandes, Mari Martelote, Marcelle Nader, Idalina Bordotti, Claudia Becker, Telma (Lilly DiCine). Ufa! Desculpa se me esqueci de alguém, mas minha memória nunca foi meu forte.

Aos meus queridos amigos, que tantas vezes me apoiaram nesses anos: Renan Cristiano, Emalúcia Oliveira (Emiña Sanz) e Luciana Andrade. Saber que vocês conheceram o início dessa história, mas não estão mais aqui para lerem seu fim, me deixa triste demais. Muitas saudades.

Obrigada especial aos meus amigos que inspiraram personagens nesse livro: Igor e Luíza, todo meu amor para vocês que seguem sendo esse casal lindo e que tenho muito orgulho de ter sido madrinha. Juli, minha "amigas para siempre", te amo do fundo do coração. Obrigada por nunca ter soltado minha mão, que o seu Pierre da vida real siga lhe fazendo feliz. Você é maravilhosa!

Momento família chegou: aos meus tios Daniella e Alexandre Paixão, e às minhas primas Duda e Carol: sem minha primeira viagem a NY, esse livro não existiria. Obrigada por todo apoio, amor e carinho que sempre me tratam. Amo vocês!

Aos meus famosos tios de Atlanta e minhas primas caninas: Tia Karla, Tio Ronaldo e todas as doguinhas: obrigada por sempre me receberem tão bem, que saudades eu sinto de nos vermos mais vezes.

Aos meus sogros: obrigada Regina e Dirceu por tudo, por terem criado esse homem maravilhoso que me inspira sempre a criar pesonagens como o Ethan. Amo fazer parte da família.

Aos meus pais e irmão: vocês são meu alicerce, na alegria e na tristeza, tenho muita sorte em tê-los comigo. Se essa trilogia tem música (principalmente a clássica), o culpado é meu pai, que sempre abraçou cada melodia com paixão. Que ensinou a mim e ao meu irmão a amarmos ouvir e apreciar. Pais: amar vocês é pouco, vocês são parte de mim para sempre. Obrigada por cada dia incrível sendo filha de vocês e por me apoiarem tanto sendo escritora, blogueira e profissional de RH.

Ao meu Ethan da vida real: marido, você não é tão romântico, mas as qualidades dele são as suas. Obrigada por me fazer acreditar de novo nos finais felizes e com isso poder escrevê-los com todo amor que sempre divide diariamente comigo. Ser casada com você é meu "felizes para sempre" real. Te amo.

Meu Crush de Nova York 3

À minha filha canina: Zeynep, você chegou assim como o Ross, para alegrar a vida da mamãe aqui. Obrigada por demonstrar com lambidas todo seu amor.

E não menos importante: obrigada a Deus e a São Judas Tadeu. Meus alicerces.

Espero que tenham se emocionado assim como eu quando coloquei um fim nessa história.

Com amor,
RAFFA FUSTAGNO

Filmes e Séries

FILMES QUE CITO NESSE LIVRO:

O Som do Coração (Capítulo 1)
Título original: August Rush
Ano: 2007
Gênero: Drama, Romance, Comédia Musical
Direção: Kirsten Sheridan
Roteiro: Nick Castle, James V. Hart
Elenco: Freddie Highmore, Keri Russell, Jonathan Rhys-Meye, Robin Williams
Sinopse: August Rush (Freddie Highmore) é resultado do encontro casual entre um guitarrista e uma violoncelista. Crescido em orfanato e dotado de um dom musical impressionante, ele se apresenta nas ruas de Nova York ao lado do divertido Wizard (Robin Williams). Contando apenas com seu talento musical, August decide usá-lo para tentar reencontrar seus pais.

Não sei como ela consegue (Capítulo 2)
Título original: I Don't Know How She Does It
Ano: 2011
Gênero: Comédia
Direção: Douglas McGrath
Roteiro: Aline Brosh McKenna
Elenco: Sarah Jessica Parker, Pierce Brosnan, Greg Kinnear
Sinopse: Kate Reddy (Sarah Jessica Parker) é o modelo da mulher moderna, dividindo seu tempo entre os afazeres domésticos como mãe de

família e os profissionais, decorrentes de seu trabalho. Ela sofre com a falta de tempo para o marido Richard (Greg Kinnear) e os filhos Emily (Emma Rayne Lily) e Ben (Julius Goldberg/Theodore Goldberg), um problema que aumenta ainda mais quando passa a trabalhar com Jack Abelhammer (Pierce Brosnan) na criação de um fundo.

Surpresas do Coração (Capítulo 3)
Título original: French Kiss
Ano: 1995
Gênero: Comédia, Romance
Direção: Lawrence Kasdan
Roteiro: Adam Brooks
Elenco: Meg Ryan, Kevin Kline, Timothy Hutton
Sinopse: Quando Charlie (Timothy Hutton) liga de Paris para sua noiva Kate (Meg Ryan), que está nos Estados Unidos, no intuito de lhe dizer que está apaixonado por outra mulher, ela não pensa duas vezes e vai atrás dele. Kate está tão decidida que passa por cima até mesmo de seu pânico por voar. Durante o voo, ela conhece Luc (Kevin Kline), um ladrão que está foragido da polícia por ter roubado uma joia. Para escapar, Luc esconde a pedra na bolsa de Kate. Só que, ao pousar, a bolsa é roubada por um vigarista. Kate e Luc permanecem juntos pela capital francesa, ele querendo encontrar a pessoa que roubou a bolsa e ela querendo a todo custo reencontrar o agora ex-noivo.

O plano imperfeito (Capítulo 4)
Título original: Set It Up
Ano: 2018
Gênero: Romance, Comédia
Direção: Claire Scanlon
Roteiro: Katie Silberman
Elenco: Zoey Deutch, Glen Powell, Lucy Liu
Sinopse: Harper (Zoey Deutch) e Charlie (Glen Powell) trabalham como assistentes para dois executivos em Manhattan. O temperamento e a dinâmica de seus chefes transformam suas vidas em um verdadeiro inferno. Desesperados e exaustos, os dois jovens se juntam para elaborar um plano um tanto quanto ousado: fazer com que os seus superiores se apaixonem e, dessa forma, fiquem mais tranquilos em relação ao trabalho.

Missão Madrinha de Casamento (Capítulo5)
Título original: Bridesmaids
Ano: 2011
Gênero: Comédia, Romance
Direção: Paul Feig
Roteiro: Annie Mumolo, Kristen Wiig
Elenco: Kristen Wiig, Rose Byrne, Maya Rudolph
Sinopse: Lillian (Maya Rudolph) vai se casar e convida a amiga Annie (Kristen Wiig) para ser sua madrinha. Ela, que enfrenta problemas profissionais e amorosos, resolve se dedicar à função de corpo e alma. Só que, logo no primeiro evento organizado, Annie conhece Helen (Rose Byrne), uma bela e rica mulher que quer ser a nova melhor amiga de Lillian. As duas logo passam a disputar a proximidade da amiga, assim como o posto de organizadora do casamento e demais eventos pré-nupciais.

Questão de Tempo (Capítulo 6)
Título original: About Time
Ano: 2013
Gênero: Romance
Direção: Richard Curtis
Roteiro: Richard Curtis
Elenco: Domhnall Gleeson, Bill Nighy, Rachel McAdams
Sinopse: Ao completar 21 anos, Tim (Domhnall Gleeson) é surpreendido com a notícia dada por seu pai (Bill Nighy) de que pertence a uma linhagem de viajantes no tempo. Ou seja, todos os homens da família conseguem viajar para o passado, bastando apenas ir para um local escuro e pensar na época e no local para onde deseja ir. Cético a princípio, Tim logo se empolga com o dom ao ver que seu pai não está mentindo. Sua primeira decisão é usar esta capacidade para conseguir uma namorada, mas logo ele percebe que viajar no tempo e alterar o que já aconteceu pode provocar consequências inesperadas.

Entrando numa fria (Capítulo 7)
Título original: Meet the Parents
Ano: 2000
Gênero: Comédia , Romance
Direção: Jay Roach

Meu Crush de Nova York 3

Roteiro: John Hamburg

Elenco: Robert De Niro, Ben Stiller, Teri Polo

Sinopse: Completamente apaixonados, Pam (Teri Polo) resolve levar seu namorado Greg (Ben Stiller) para conhecer seus pais. Só que, ao chegar, o pai (Robert De Niro) dela não se impressiona com Greg e decide tornar seu final de semana insuportável, utilizando todos os meios possíveis de intimidação, com apenas um único objetivo: se Greg aguentar até o fim, ele é o homem certo para se casar com sua filha.

Em Algum Lugar do Passado (Capítulo 8)

Título original: Somewhere in Time

Ano: 1980

Gênero: Drama, Romance

Direção: Jeannot Szwarc

Roteiro: Richard Matheson

Elenco: Christopher Reeve, Jane Seymour, Christopher Plummer

Sinopse: Universidade de Millfield, maio de 1972. Richard Collier (Christopher Reeve) é um jovem teatrólogo que conhece na noite de estreia da sua primeira peça uma senhora idosa, que lhe dá um antigo relógio de bolso e diz: "volte para mim". Ela se retira sem mais dizer, deixando-o intrigado. Chicago, 1980. Richard não consegue terminar sua nova peça, decide viajar sem destino certo e se hospeda no Grand Hotel. Lá, visita o Salão Histórico, repleto de antiguidades, e fica encantado com a fotografia de uma bela mulher, Elise McKenna (Jane Seymour), que descobre ser a mesma que lhe deu o relógio.

Apenas diga sim (Capítulo 9)

Título Original: Just Say Yes

Ano: 2021

Gênero: Comédia, Romance

Elenco: Yolanthe Cabau, Juvat Westendorp

País: Holanda

Sinopse: Lotte (Yolanthe Cabau) é uma romântica incorrigível que está planejando seu casamento perfeito com Alex (Juvat Westendorp) há anos. Entretanto, ela vê seu sonho se despedaçar em um milhão de pedacinhos quando o noivo decide cancelar no último minuto.

RAFFA FUSTAGNO

Mens@gem para Você (Capítulo 10)
Título original: You've Got Mail
Ano: 1998
Gênero: / Romance, Comédia dramática
Direção: Nora Ephron
Roteiro: Nora Ephron
Elenco: Tom Hanks, Meg Ryan, Parker Posey
Sinopse: Proprietária de uma pequena livraria, Kathleen (Meg Ryan) praticamente mora com seu noivo (Greg Kinnear), mas o "trai" através da internet com um desconhecido, pois todo dia ela manda pelo menos um e-mail para ele. Seu misterioso amigo (Tom Hanks) também faz o mesmo e passa pela mesma situação: "infiel" com sua noiva (Parker Posey). De repente, a vida dela é abalada com a chegada de uma enorme livraria, que pode acabar com um negócio que da sua família há 42 anos, e ela passa a não suportar um executivo que comanda esta mega-livraria, sem imaginar que era o mesmo homem com quem conversa pela internet. Após algum tempo, ele toma consciência da situação, mas teme se revelar e dizer que se sente atraído por ela.

A História de Nós Dois (Capítulo 11)
Título original: The Story of Us
Ano: 1999
Gênero: Romance, Drama, Comédia
Direção: Rob Reiner
Roteiro: Alan Zweibel, Jessie Nelson
Elenco: Bruce Willis, Michelle Pfeiffer, Paul Reiser
Sinopse: Após 15 anos, o casamento de Ben (Bruce Willis) e Katie Jordan (Michelle Pfeiffer) entra em crise. Assim, eles se separam na mesma época em que seus filhos Josh (Jake Sandvig), de 12 anos, e Erin (Colleen Rennison), de 10, estão em um acampamento de verão. Separados, cada um tenta recomeçar sua vida em cantos neutros, aproveitando o período para avaliar e refletir sobre a vida que tiveram juntos, com seus altos e baixos, e tentam concluir se ainda há algo de sólido nesta relação, que permita uma reaproximação.

Meu Crush de Nova York 3

Vestida para Casar (Capítulo 12)

Título original: 27 Dresses
Ano: 2008
Gênero: Comédia
Direção: Anne Fletcher
Roteiro: Aline Brosh McKenna, Dana Fox
Elenco: Katherine Heigl, Edward Burns, James Marsden
Sinopse: Jane (Katherine Heigl) é uma mulher idealista e romântica, que jamais encontrou o amor de sua vida. Ela imagina tê-lo encontrado em George (Edward Burns), seu chefe, por quem nutre uma paixão secreta, mas sua irmã caçula Tess (Malin Akerman) é mais rápida e conquista seu coração antes. Isto faz com que Jane repense sua vida, já que sempre foi boa em fazer com que as outras pessoas sejam felizes sem que ela própria seja.

O melhor de mim (Capítulo 13)

Título original: The Best of Me
Ano: 2014
Gênero: Romance, Drama
Direção: Michael Hoffman
Roteiro: Nicholas Sparks, Will Fetters
Elenco: Michelle Monaghan, James Marsden, Liana Liberato
Sinopse: Adolescentes, Amanda (Liana Liberato) e Dawson (Luke Bracey) se apaixonam. O pai da garota não aprova o relacionamento e, com o passar do tempo, os jovens acabam se afastando e tomando rumos diferentes. Duas décadas mais tarde, um funeral faz com que os dois (Michelle Monaghan e James Marsden) voltem à cidade natal e se reencontrem. É o momento de ver se os sentimentos persistem e avaliar as decisões que tomaram na vida.

Íntimo e Pessoal (Capítulo 14)

Título original: Up Close and Personal
Ano: 1996
Gênero: Drama, Romance
Direção: Jon Avnet
Roteiro: Joan Didion
Elenco: Robert Redford, Michelle Pfeiffer, Stockard Channing

Sinopse: Jovem mulher (Michelle Pfeiffer) munida apenas de uma fita de demonstração de produção caseira e uma grande vontade de pertencer ao mundo das notícias e da televisão, bate de porta em porta, até conhecer um grande executivo e jornalista (Robert Redford), que acredita no seu potencial, apesar de ter consciência de que ela é inexperiente. Com o passar do tempo, ela gradativamente vai se firmando profissionalmente e o relacionamento entre ela e seu mentor torna-se uma grande paixão.

Se beber, não case (Capítulo 15)

Título original: The Hangover
Ano: 2009
Gênero: Comédia
Direção: Todd Phillips
Roteiro: Jon Lucas, Scott Moore
Elenco: Bradley Cooper, Ed Helms, Zach Galifianakis
Sinopse: Doug Billings (Justin Bartha) está prestes a se casar. Stu Price (Ed Helms), um dentista que planeja pedir a namorada em casamento, Phil Wenneck (Bradley Cooper), um professor colegial entediado com o matrimônio, e Alan Garner (Zach Galifianakis), seu futuro cunhado, são seus melhores amigos. O trio organiza uma festa de despedida de solteiro para Doug, levando-o para Las Vegas. Lá, eles alugam uma suíte e têm uma noite de grande badalação. Na manhã seguinte, os três acordam sem ter a menor ideia do que aconteceu na noite anterior. Eles sabem apenas que Stu perdeu um dente, há um tigre no banheiro, um bebê no closet e Doug simplesmente desapareceu. Para descobrir o que ocorreu, tentam juntar as memórias e reconstituir os eventos do dia anterior.

O Casamento do Ano (Capítulo 16)

Título original: The Big Wedding
Ano: 2013
Gênero: Comédia
Direção: Justin Zackham
Roteiro: Jean-Stéphane Bron, Justin Zackham
Elenco: Robert De Niro, Katherine Heigl, Diane Keaton
Sinopse: Missy (Amanda Seyfried) e Alejandro (Ben Barnes) se conhecem desde pequenos e estão prestes a se casar. Al, como é chamado pelos mais íntimos, é adotado e fica feliz com a notícia de que sua mãe

biológica irá ao casamento. Mas tem um problema… Ela é muito religiosa e não acredita no divórcio. Com isso, o jovem pede para seus pais adotivos, divorciados há anos (Robert De Niro e Diane Keaton), para fingirem que vivem juntos e felizes.

A Força do Destino (Capítulo 16)
Título original: An Officer and a Gentleman
Ano: 1982
Gênero: Romance, Drama
Direção: Taylor Hackford
Elenco: Richard Gere, Debra Winger, Louis Gossett Jr.
Sinopse: Zack Mayo (Richard Gere), que, quando garoto, viveu entre prostitutas e brigas de rua nas Filipinas, decide se tornar um oficial da Marinha, mas, para isto, tem de passar por um curso preparatório comandado por um enérgico sargento (Louis Gossett Jr.). Tenta se "dar bem", criando uma espécie de mercado ilegal, que vende tudo que um soldado precisa para passar nas inspeções, mas acaba sendo descoberto. No entanto, conhece Paula (Debra Winger), uma jovem que trabalha em uma fábrica perto de sua academia, e os dois se envolvem, mas ela sonha com algo mais sólido que um simples namoro de final de semana e quer saber o que ele pretende fazer da vida.

SERIADOS

Sex and The City
Título Original: Sex and the city
Criação: Darren Star
Ano: 1998 a 2003 (6 temporadas)
País: EUA
Elenco: Sarah Jessica Parker, Kim Catrall, Cynthia Nixon e Kristin Davis
Sinopse: Quatro mulheres solteiras, bonitas e confiantes de Nova York, que são melhores amigas e compartilham entre si os segredos de suas conturbadas vidas amorosas. Carrie Bradshaw (Sarah Jessica Parker) é uma colunista e narra a história. Miranda Hobbes (Cynthia Nixon) é uma advogada determinada, que deseja sucesso na carreira e na vida amorosa. Charlotte York (Kristin Davis) é uma comerciante de arte vinda de uma família rica e que é insegura sobre si mesma. E Samantha Jones (Kim Cattrall) é uma loira fatal que está sempre à procura de um bom partido.
*A série também teve dois filmes que serviram de continuação para o seriado. *Sex and The City — o filme*, lançado em 2008, e *Sex and The City 2*, em 2010.

Friends
Título Original: Friends
Criação: David Craine
Ano: 1994 a 2004 (10 temporadas)

País: EUA

Elenco: Jennifer Aniston, Courtney Cox, Lisa Kudrow, Matt Le Blanc, Matthew Perry, David Schimmer

Sinopse: Seis jovens são unidos por laços familiares, românticos e, principalmente, de amizade, enquanto tentam vingar em Nova York. Rachel é a garota mimada que deixa o noivo no altar para viver com a amiga dos tempos de escola, Monica, sistemática e apaixonada pela culinária. Monica é irmã de Ross, um paleontólogo que é abandonado pela esposa, que descobriu ser lésbica. Do outro lado do corredor do apartamento de Monica e Rachel, moram Joey, um ator frustrado, e Chandler, de profissão misteriosa. A turma é completada pela exótica Phoebe.

Playlist

- Because you loved me — Céline Dion
- The Lonely Shepard — Andre Rieu
- Perfect — Ed Sheeran
- Isn't She Lovely — Stevie Wonder
- Hopeless and Devoted to You — Olivia Newton-John
- Vai DJ, Não Para — Gaiola das Popozudas
- Ain't no mountain is high enough — Marvin Gay e Tammi Terrell
- Can't Help Falling in Love — Elvis Presley
- Unchained Melody — Elvis Presley
- My Heart will go on — Céline Dion
- Empire State of Mind — Alicia Keys
- All Night Long — Lionel Richie
- I want to know what love is — Mariah Carey
- Vivo por Lei — Andrea Bocelli e Georgia
- Como é grande meu amor por você — Robert Carlos
- Up Where We Belong — Joe Cocker & Jennifer Warnes

A The Gift Box é uma editora brasileira, com publicações de autores nacionais e estrangeiros, que surgiu no mercado em janeiro de 2018. Nossos livros estão sempre entre os mais vendidos da Amazon e já receberam diversos destaques em blogs literários e na própria Amazon.

Somos uma empresa jovem, cheia de energia e paixão pela literatura de romance e queremos incentivar cada vez mais a leitura e o crescimento de nossos autores e parceiros.

Acompanhe a The Gift Box nas redes sociais para ficar por dentro de todas as novidades.

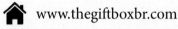 www.thegiftboxbr.com

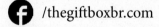 /thegiftboxbr.com

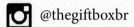 @thegiftboxbr

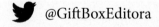 @GiftBoxEditora

Impressão e acabamento